Neveflora und die Prophezeiung

von Susanne Eisele

Bibliografische Information der Deutschen Nationalbibliothek: Die Deutsche Nationalbibliothek verzeichnet diese Publikation in der Deutschen Nationalbibliografie; detaillierte bibliografische Daten sind im Internet über dnb.dnb.de abrufbar.

Cover: Dream Design - Cover and Art,

www.cover-and-art.de

Scherenschnitt: Manfred Polz

Kapitelverzierung: Eiskristall von Gerd Altmann/Pixabay
Flammenauge: Manfred Polz

Lektorat: Petra Schmid

www.petrasseiten.com

Korrektorat: Marga und Susanne Eisele

Impressum:

Urnagold 32, 72297 Seewald

kontakt@autorin-susanne-eisele.de
www.autorin-susanne-eisele.de

Herstellung und Verlag: BoD – Books on Demand, Norderstedt

ISBN: 978-3734749346

Für alle,
die eine unterhaltsame Geschichte
mit einer starken Prinzessin
lesen möchten.

Viel Freude beim Lesen

Inhaltsverzeichnis

Kapitel 1

Blockieren. Einen Schritt zurück. Ausfallschritt. Finte. Zurück und Treffer! Prinzessin Neveflora von Kralac zog ihr Übungsschwert zu sich und grinste wenig damenhaft. Unter ihrem Helm sah das niemand. Verschwitzt aber glücklich nickte sie dem Soldaten zu, der ihr Trainingspartner war. Dieser salutierte, so zackig ihm das nach dem anstrengenden Kampftraining noch möglich war, dann zog er sich zurück.

Neveflora warf einen Blick zum Schloss. Undeutlich meinte sie, das Gesicht ihrer Mutter hinter einem der Fenster zu sehen. Vielleicht bildete sie sich das auch nur ein, da sie wusste, dass diese ihr immer bei den Übungskämpfen zusah. Ihrer Fürsprache hatte sie es zu verdanken, dass ihr dieses Training erlaubt wurde. Sie winkte in Richtung der Gemächer der Königin, dann nahm sie den Helm ab, schüttelte kurz ihre schwarzen, zu einem strengen Zopf geflochtenen langen Haare und machte sich auf den Weg, ihrer geliebten Mutter Gesellschaft zu leisten.

Kurz überlegte sie, zuerst in ihre eigenen Räume zu gehen und sich statt Hose und Kettenhemd ein Kleid anzuziehen, verwarf den Gedanken aber gleich wieder. Ihre Mutter sah sie zwar lieber in standesgemäßer Kleidung, hatte aber schon vor langer Zeit aufgehört, sie wegen der ›Männerkleidung‹ zu tadeln. Neveflora beeilte sich, zu den Gemächern ihrer Mutter zu kommen, da sie wusste, dass Königin Ursula nur wenige Stunden am Tag wach sein konnte.

Sie klopfte höflich an die Tür, wartete jedoch nicht ab, bis sie hineingerufen wurde. Ihre Mutter war einfach immer für sie zu sprechen. So schlüpfte sie in den wohl gemütlichsten Raum des ganzen Schlosses. Dicke Teppiche dämpften die Geräusche ihrer Schritte, ebenso dichte Wandbehänge hielten das Zimmer einigermaßen warm. Seit vielen Monaten ging es Königin Ursula nicht so gut, weshalb sommers wie winters ein wärmendes Feuer im Kamin brannte. Neveflora ging zu ihrer Mutter, die mit einem freudigen Lächeln ihre Stickarbeit sinken ließ, dann umarmten sich die beiden. Anschließend begrüßte die Prinzessin die zwei Gesellschafterinnen der Königin mit einem freundlichen Lächeln, das von diesen erwidert wurde.

»Ich hole Euch gerne einen Stickrahmen, Hoheit«, erbot sich die jüngere der Gesellschafterinnen.

»Bemüht Euch nicht«, beeilte sich Neveflora zu sagen. »Ich werde sicherlich nicht sticken. Ich habe momentan kein Interesse daran, meine Kenntnisse darin zu vertiefen.«

Missbilligend sah die ältere der Gesellschafterinnen, Mathilda, zu Neveflora auf.

»Ihr seid die Tochter von König Emmerich Quasebarth VI., das einzige Kind von König Quasebarth. Wer, wenn nicht Ihr, sollte die Prophezeiung erfüllen?«

»Was hat das eine mit dem anderen zu tun?«, erkundigte sich die Prinzessin verblüfft.

»Das liegt doch auf der Hand«, gab Mathilda pikiert zurück. »Die Prophezeiung sagt, dass sich der Dämon Ukur Dank eines zwergischen Liebestranks in die Tochter von König Quasebarth verlieben wird. Dadurch wird Kralac endlich wieder vereint sein.«

»Ich kenne diese dämliche Vorhersage. Mal davon abgesehen, dass ich den Wahrheitsgehalt anzweifle, werde ich ganz sicher nicht diese Prinzessin sein. Lieber stürze ich mich eigenhändig in mein Schwert, als Ukur, diesen Usurpator, auch nur zu berühren. Dass er aussehen soll wie ein ansehnlicher Mensch, ändert daran auch nichts.« Nachdem Neveflora tief Luft geholt hatte, fügte sie noch leise hinzu: »Wenn ich ihn berühre, dann mit meiner Faust fest auf seiner Nase.«

»Aber Hoheit! Ihr seid die einzige Tochter von König Quasebarth«, wiederholte Mathilda aufgebracht. »Also ist es Eure heilige Pflicht, diese Bürde zu tragen.«

»Nein! Und selbst wenn, was hat das mit der Stickerei zu tun?«

»Kein Mann will eine schwertschwingende Frau. Da wird Ukur keine Ausnahme sein. Als verheiratete Frau ist es Eure Pflicht, sowohl den Haushalt zu überwachen als auch, Euch angemessen zu beschäftigen, zum Beispiel mit Stickarbeit.« Mathilda sah die Prinzessin an, als sei dies das Selbstverständlichste auf der ganzen Welt – was es in deren Augen sicher auch war.

Bevor Neveflora aufbrausen konnte, mischte sich Königin Ursula ins Gespräch ein. »Leider erlaubt es mein Befinden nicht, meinem Mann ein weiteres Kind zu schenken. Aber ich verwahre mich dagegen, meinem einzigen Kind eine solch ungeheure Last aufzubürden.« Als sie den Blick senkte, fiel eine Träne auf ihre Stickerei. »Es muss eine andere Lösung geben.«

Sie seufzte zutiefst, während weitere Tränen über ihre Wangen liefen. Neveflora ließ sich neben ihrer Mutter auf ein Knie sinken und umarmte sie tröstend.

»Mama, bitte quäle dich nicht damit. Ich bin mir sicher, dass ich irgendwann einen Ehemann finden werde, der mich so nimmt, wie ich bin. Mit diesem kann ich einen Thronfolger zeugen – denke ich. Nur weil ich dieses Scheusal von Ukur nicht heiraten will, heißt das nicht, dass unsere Familie ausstirbt.«

Dann wandte sie sich an Mathilda: »Ich will von dieser sogenannten Prophezeiung nichts mehr hören. Die Besetzung eines Teils von Kralac durch den Dämon ist jetzt schon fünf Generationen her. Ich weiß, es wird erzählt, dass ihn damals eine Hexe verflucht habe und der Fluch nur durch einen von Zwergen gebrauten

10

Liebestrank aufgehoben werden kann, den ihm eine Tochter von König Quasebarth einflößen muss. Jedenfalls so ähnlich. Ob sich das tatsächlich so zugetragen hat und ob an dem Fluch irgendwas dran ist, weiß niemand. Mir ist bewusst, dass die Weissagung für die Menschen im Grenzgebiet wichtig ist. Ukur versucht dort ja immer mal wieder kleinere Angriffe. Das Festhalten an der Prophezeiung gibt den Leute die Kraft, dem standzuhalten.« Sie runzelte nachdenklich die Stirn. »Offiziell werde ich die Weissagung nicht als Unfug bezeichnen. Dennoch bin ganz sicher nicht ich die Prinzessin, die da genannt wird. Das ist mein letztes Wort.«

Während des Gefühlsausbruchs ihrer Tochter waren Königin Ursula ermattet ihre Augen zugefallen. Mitfühlend sah Neveflora sie an. Sie wusste, dass ihre Mutter in den letzten Monaten jede Kräutertinktur geschluckt hatte, die auch nur ansatzweise versprach gegen ihre ständige Erschöpfung zu helfen. Bislang ohne jeden Erfolg. Die Königin wurde von Tag zu Tag schwächer. Ohne die Hilfe ihrer Gesellschafterinnen hatte sie nicht einmal mehr die Kraft, sich zu erheben. »Möchtest Du Dich ins Bett zurückziehen, Mama?«, fragte sie leise, während sie ihre Mutter weiterhin im Arm hielt.

Müde nickte die Königin, zum Sprechen fehlte ihr die Kraft. Mit einem Nicken gab Neveflora Mathilda das Zeichen, ihrer Mutter aufzuhelfen und sie ins Bett zu geleiten. Trotz Königin Ursulas zierlicher Figur waren beide Gesellschafterinnen notwendig, um sie zu stützen. Voller Sorge sah die Prinzessin dem Dreiergespann nach.

Am nächsten Morgen fand Mathilda Königin Ursula tot in ihrem Bett. Sie schien friedlich zu schlafen, und doch würde sie nie mehr aufwachen.

Das ganze Königreich trauerte um seine gütige Herrscherin.

Während sich König Emmerich Quasebarth zur Bewältigung seines Schmerzes in die Arbeit stürzte, trainierte Neveflora noch verbissener beim Schwertkampf. Erst wenn sie sich so sehr verausgabt hatte, dass sie sich kaum noch auf den Beinen halten konnte, beendete sie ihre Übungskämpfe. Trotz der so herbeigeführten körperlichen Erschöpfung war es schwer für sie, Schlaf zu finden. Erst wenn sie ihrer Trauer nachgab und weinte, fiel sie in die tröstliche Schwärze des Vergessens.

Bereits eine Woche später fand die Trauerfeier statt. Hierfür reisten die Herrscher der angrenzenden Länder und sogar einige von entfernteren Königreichen an. Neveflora wusste hinterher nicht mehr zu sagen, wie sie diesen Tag überstanden hatte, ohne sich selbst in Tränen aufgelöst zu haben. Ihre Gedanken drehten sich während der ganzen Zeit nur um ihre Mutter. Ständig fragte sie sich, ob sie deren Tod hätte vermeiden, oder doch zumindest hinauszögern können, wenn sie sich selbst nach einem Heilmittel umgesehen hätte. Auch wenn ihr sämtliche Heiler des Königreichs versicherten, dass sie nichts für die Königin hatte tun können, linderte das ihren Schmerz nicht. Doch zumindest fühlte sie sich nicht mehr ganz so schuldig.

Kapitel 2

Sieben Monate waren vergangen, seit Neveflora ihre Mutter verloren hatte.

Obwohl das übliche Trauerjahr noch nicht vorüber war, hatte ihr Vater den Beschluss gefasst, erneut den Bund der Ehe einzugehen. Heute schon sollte die junge Braut eintreffen. Eine Königstochter aus einem der südlichen Königreiche. Nach allem was Neveflora bisher wusste, war Prinzessin Agnes-Maria kaum älter als sie selbst.

Traurig dachte sie an das Gespräch mit dem König vor vier Wochen.

»Liebe Tochter«, hatte ihr Vater begonnen. »Deine Mutter ist vor sechs Monaten gestorben. Sie wird immer in meinem Herzen bleiben. Ich liebe sie nach wie vor. Es vergeht kein Tag, an dem ich mich nicht nach ihr sehne.«

Neveflora hatte gesehen, wie er um Fassung gerungen hatte, um weitersprechen zu können, während sie selbst ebenfalls mit den Tränen zu kämpfen hatte. »Letzten Monat ist eine Depesche von König Frederic gekommen. Es gab einen Skandal um seine Tochter. Aus dem Grund ist ihm sehr daran gelegen, dass diese so schnell wie möglich verheiratet wird. Je weiter weg von Marlanda, desto besser. Ihm ist bewusst, dass deine Mutter erst vor kurzem verstorben ist. Dennoch hat er mir die Hand seines Kindes angeboten. Allerdings unter der Bedingung, dass die Hochzeit alsbald stattfindet.«

Ein leichtes Kopfschütteln hatte seine nächsten Worte begleitet. »Ich wurde inoffiziell über den Skandal unterrichtet. Für mich ist dieser Vorfall kein Hinderungsgrund, die Prinzessin zu ehelichen. König Frederic ist ein starker Bündnispartner. Deshalb habe ich, trotz aller Bedenken wegen des sehr frühen Zeitpunktes, dem Vorschlag zugestimmt. Würdest du bitte veranlassen, dass die Gemächer für Prinzessin Agnes-Maria hergerichtet werden? Sie ist etwa in deinem Alter. Bist du so lieb und schaust, dass sie sich bei uns wohlfühlen kann?«

Innerlich erstarrt hatte Neveflora nur genickt. Dass ihr Vater erneut heiraten würde, war ihr bewusst gewesen. Dass ihre Mutter bereits nach so kurzer Zeit ersetzt werden sollte, schockierte sie dennoch. Sie wollte ihm keine Vorhaltungen machen. Sie war schließlich dazu erzogen worden, Befehle ihres Königs nicht in Frage zu stellen. Deshalb hatte sie sich bemüht, seiner Bitte nachzukommen.

Es war ein warmer Tag. Deshalb gesellte sich Neveflora zur Wache auf dem Hauptturm. Sie wollte frühzeitig

15

einen Blick auf die Kutsche der südländischen Prinzessin werfen können. Lange hatte sie mit sich gerungen, ob sie die neue Frau an der Seite ihres Vaters willkommen heißen oder sie spüren lassen sollte, dass sie niemals ihre Mutter würde ersetzen können. Schließlich überwog das Mitleid mit ihrer künftigen Stiefmutter. Was mochte die junge Frau nur angestellt haben, dass sie – vermutlich ohne Mitspracherecht – so überstürzt an einen deutlich älteren Mann vergeben wurde? Für Neveflora fühlte es sich an, als sei die Prinzessin ins Exil geschickt worden. Deshalb war es nicht schwer für sie, einen Mittelweg zu finden, wie sie mit der Situation umgehen sollte.

Sie würde Agnes-Maria klar machen, dass diese ihre Mutter nicht ersetzen konnte, dennoch wollte sie versuchen, ihr eine gute Freundin zu sein.

Im Süden hatten sie mitunter andere Bräuche, deshalb würde sich die Prinzessin hier anfangs sicher erst einmal fremd fühlen. Da war vermutlich etwas Nachhilfe im Kralac-Brauchtum angesagt. Kurz übermannte sie die Sehnsucht nach ihrer Mutter. Diese wäre sicher herzlich auf die neue Frau zugegangen. Bevor Neveflora bei diesem Gedanken von Trauer überwältigt wurde, sah sie lieber wieder zur Straße hin, die zum Schloss führte.

Da! Am Horizont zeichnete sich eine Staubwolke ab. Kurz darauf konnten schon Reiter und Kutschen ausgemacht werden. Vorneweg ritten vier Soldaten der königlichen Garde von Kralac, gefolgt von weiteren vier Soldaten in unbekannter Uniform. Das mussten Gardisten aus Marlanda sein, Prinzessin Agnes-Marias Herkunftsland. Drei prächtige Kutschen folgten den Vorausreitenden, dann schlossen sich erneut vier berittene Soldaten an. Den Abschluss bildeten zwei Planwagen. Diese transportierten vermutlich die Besitztümer und Aussteuer der Prinzessin. Neveflora spürte eine gänzlich unroyale Neugier auf die wahrscheinlich exotisch anmutenden marlandischen Gegenstände. Im Schloss gab es durchaus Kunstgegenstände und Möbel aus fernen Ländern, die ihr Vater von Reisen aus anderen Königreichen mitgebracht hatte. Manches war ihm auch von ausländischen Botschaftern überreicht wurden. Dennoch entsprach die Einrichtung dem kralacschen Geschmack - mit viel Holz, meist nur lasiert statt bunt bemalt, dabei sehr schlicht gehalten.

Geschwind lief Neveflora die Treppe des Wachturms hinunter, um gemeinsam mit ihrem Vater die fremde Prinzessin im Hof in Empfang nehmen zu können. Ungeduldig wartete sie, dass die Fanfaren das Eintreffen der zukünftigen Königin verkündeten, sobald sie das große Schlosstor passieren würde.

Endlich war es soweit! Die Fanfaren erklangen und schon kurz darauf war das Klappern der Hufe zu hören. Die vorneweg reitenden Soldaten bildeten einen Halbkreis. Die mittlere der drei Kutschen fuhr bis zum König, vor dem sie anhielt.

Eilig kam ein Page herbeigelaufen. Geschwind öffnete er die Tür und klappte die Stufen der Kutschentreppe heraus.

Als Erstes stieg eine verschleierte Frau aus der Kutsche. Die vom Pagen dargebotene Hand zur Hilfe beim Ausstieg ignorierte sie. Stattdessen hielt sie sich mit ihren behandschuhten Fingern an der Karosse fest. Nachdem sie ausgestiegen war, drehte sie sich um und half der zweiten, ebenfalls verschleierten Frau, aus der Kutsche. Während die erste ein bunt gefärbtes Tuch über dem Haar und eines über Mund und Nase trug, schmückte die zweite Frau ein ebenso bunter, allerdings aufwendig bestickter Schleier, der auch das Gesicht vollständig verhüllte.

Ob sie wohl auch in Zukunft auf der Verschleierung bestand? Dieser Brauch war in Kralac fremd. Deshalb war sich Neveflora nicht sicher, wie gut eine Königin ankam, deren Gesicht die Untertanen nicht sehen konnten. Vergebens versuchte sie, einen Blick durch das edle Gespinst auf das Gesicht der zukünftigen Königin zu erhaschen.

König Emmerich ging auf die beiden Damen zu. Die erste Frau knickste höflich und recht tief. Dann stellte sie ihre Begleiterin als »die liebliche Prinzessin Agnes-Maria von Marlanda« vor. Diese sank ebenfalls in einen formvollendenten Hofknicks vor dem König. Der verbeugte sich seinerseits und reichte ihr die Hand. Auch die Prinzessin trug Handschuhe. Das wurde erst sichtbar, als sie ihre Finger aus den weiten und langen

18

Ärmeln ihres Gewandes schob und auf die ihres Bräutigams legte. Dieser hauchte einen angedeuteten Handkuss darauf.

»Herzlich willkommen in Eurem neuen Zuhause, Prinzessin Agnes-Maria. Ich nehme an, Ihr und Eure Gesellschafterin möchten Euch zuerst von der langen Reise etwas erholen. Ich habe zwei nebeneinanderliegende Zimmer für Euch herrichten lassen. Ich hoffe, es ist dort alles zu Eurer Zufriedenheit.« Er wandte sich seiner Tochter zu. »Dies ist meine Tochter, Kronprinzessin Neveflora. Sie wird Euch zu Euren Gemächern geleiten.«

Auf dem Weg zu den Zimmern fragte sich die Prinzessin erneut, wie die zukünftige Königin - ihre Stiefmutter - wohl aussehen mochte. Was wohl ihr Vater dachte? Schließlich musste er eine Frau heiraten, die er noch nicht einmal gesehen hatte. War es ein Segen, dass sie vollständig verhüllt war, oder steckte eine hübsche Frau unter den Schleiern? Agnes-Maria sah sich während des Wegs immer wieder um. Soweit Neveflora wusste, waren die Häuser in Marlanda sehr bunt eingerichtet. Hoffentlich empfand die Braut ihres Vaters ihr neues Zuhause als nicht zu trist, mit all den Naturtönen.

Schweigend erreichten sie die Räume, die für Agnes-Maria und deren Begleiterin hergerichtet waren. Die Gemächer ihrer Mutter hatte Neveflora unangetastet gelassen, und der neuen Frau ihres Vaters andere

Zimmer ausgesucht. Sie hatte ein paar südländische Einrichtungsgegenstände herbringen lassen, in der Hoffnung, dass sich die junge Braut nicht ganz so fremd fühlen würde, wenn ihre Räume etwas heimatliches Flair besaßen.

Geschwind besah sich Agnes-Maria die zwei Schlafzimmer, das Badezimmer, den Salon und das Empfangszimmer. Den entzückten Lauten, die sie dabei von sich gab, entnahm Neveflora, dass die Einrichtung wohl ihren Geschmack getroffen hatte.

»Wärt Ihr so freundlich und würdet die Tür schließen lassen, Prinzessin?«, bat die Gesellschafterin höflich.

Neveflora nickte und schickte sich an, die Gemächer zu verlassen.

»Bitte bleibt noch, falls es Eure Zeit erlaubt«, wurde sie von Agnes-Maria aufgehalten. Diesem Ersuchen kam Neveflora nur zu gerne nach. War sie doch neugierig, ob sie jetzt eine Möglichkeit bekommen würde, einen Blick auf ihre künftige Stiefmutter zu erhaschen. Die Stimme hatte sich sehr angenehm angehört. Hell und melodisch, mit einem kaum hörbaren Akzent, der ihrer südländischen Heimat geschuldet war.

»Wird der Herr des Hauses diese Räumlichkeiten betreten, oder ein männlicher Bediensteter?«, erkundigte sich Agnes-Maria neugierig.

Neveflora zuckte die Schultern. »Das kann schon sein, aber nur, wenn Ihr es gestattet. Das sind Eure

Gemächer. Ihr alleine bestimmt, wer hier wann Zutritt hat.«

»Das ist gut.« Die künftige Königin wandte sich an ihre Gesellschafterin. »Dann kann ich hier den Schleier und die Handschuhe ablegen. Was meinst du, Greta?«

»Das könnt Ihr tun, Hoheit. Sobald es an der Tür klopft, solltet Ihr Euch allerdings in einen anderen Raum begeben. Nicht, dass ein Mann vor der Tür steht und Eurer ansichtig wird.« Besorgnis schwang in der Stimme der Gesellschafterin mit.

»Ihr tragt weder Schleier noch Handschuhe, Prinzessin. Dann stimmt es also, was man mir zutrug? In Kralac ist es nicht üblich, dass sich die Frauen verhüllen?«, wandte sich Agnes-Maria an Neveflora.

»Das ist richtig. In Kralac verhüllt niemand sein Gesicht, weder Frau noch Mann«, antwortete diese.

»Wenn ich Königin dieses Landes bin, dann sollte ich mich nach den hiesigen Gepflogenheiten richten und den Schleier ablegen, oder?«, fragte die marlandische Prinzessin weiter.

Ihre Gesellschafterin sog bei diesen Worten so scharf die Luft ein, dass Neveflora kurz das Gefühl hatte, Greta würde ohnmächtig umfallen. Anscheinend fand Agnes-Maria das marlandische Hofprotokoll zu streng, hatte sich bislang aber nicht dagegen wehren können. Dass diese, wie auch sie selbst, ein wenig rebellierte, fand Neveflora überaus sympathisch. Es unterstrich ihre Hoffnung, sie könne sich mit ihrer künftigen

Stiefmutter gut verstehen. Dennoch versuchte sie, sich einigermaßen diplomatisch auszudrücken.

»Bei der Hochzeit ist es üblich, dass die Braut verschleiert zum Altar geführt wird. Sobald der Ehebund geschlossen wurde, hat der Bräutigam das Recht, den Schleier zu lüpfen und seine frisch Angetraute vor allen Anwesenden zu küssen. Beim Zurückschlagen des Schleiers helfen zumeist die Brautjungfern mit, so dass der dann auch ordentlich liegt und nicht aussieht wie eine zurückgeschlagene Tischdecke.«

Beide Prinzessinnen kicherten kurz, was das zarte Band der Freundschaft weiter stärkte.

Dann fuhr Neveflora fort: »Vielleicht kann man einen Mittelweg gehen, dass der Kopf mit einem weißen Tuch verhüllt ist, aber eben das Gesicht frei bleibt, wenn der Brautschleier zurückgeschlagen wurde.«

»Das ist gänzlich ...«, wandte Greta erregt ein, wurde aber von Agnes-Maria unterbrochen.

»... eine wundervolle Idee. So ist ein wenig marlandisches Brauchtum erhalten, während ich einen für mich neuen Weg als kralacsche Königin beschreite. So machen wir das. Und jetzt will ich endlich diesen Schleier und die Handschuhe loswerden!« Mit diesen Worten streifte die Braut erst die Fingerlinge ab, dann zog sie sich das Tuch vom Haupt.

Neveflora hatte mit vielem gerechnet, aber nicht mit diesem Anblick. Vor ihr stand eine junge Frau mit bronzefarbener Haut, dunkelgrünen Haaren und ebensolchen Augen. Soweit war dies erwartbar, da alle Marlander diesen Hautton und diese Haarfarbe aufwiesen. Was sie doch etwas überraschte, war die überwältigende Schönheit der Prinzessin. Womit sie noch weniger gerechnet hatte, war die Tatsache, dass sie beim Anblick der jungen Frau Herzklopfen bekam, wie selten in ihrem Leben. In ihrem Bauch fingen Schmetterlinge an zu tanzen. Sie schloss für einen Moment die Augen und wies sich selbst zurecht, dass das ihre künftige Stiefmutter war. Warum nur, seufzte sie innerlich. Sie hätte sich in jede Person verlieben dürfen. Aber Agnes-Maria war die Braut ihres Vaters und somit tabu.

Hastig verabschiedete sie sich, mit dem Hinweis, dass sie noch etwas zu erledigen habe.

Nachdem sich die Tür hinter ihr geschlossen hatte, atmete sie erst ein paarmal tief durch. Dann begab sie sich in ihre Räume, um sich Hose und Kettenhemd anzuziehen. Ein schweißtreibender Schwertkampf würde sie von ihrem inneren Kampf ablenken. Hoffte sie zumindest.

Kapitel 3

Soweit es die Etikette erlaubte vermied Neveflora die nächsten drei Tage ein Zusammentreffen mit ihrer künftigen Stiefmutter. Nachdem sie noch vor der Ankunft von Agnes-Maria lautstark verkündet hatte, dass sie sich nicht an den Hochzeitsvorbereitungen beteiligen würde, jedenfalls nicht, ehe das Trauerjahr für ihre Mutter vorüber war, waren etliche Höflinge überrascht, dass sie plötzlich so eifrig bei den Vorbereitungen half. Sie war die Prinzessin und jede helfende Hand wurde gebraucht, also hinterfragte niemand ihren Meinungswechsel. Kümmerte sich Neveflora nicht um die Vorbereitungen, dann trainierte sie beinahe schon exzessiv mit ihrem Schwert.

Alles, was Prinzessin Agnes-Maria betraf, wurde mit Greta besprochen, so dass sich die beiden Prinzessinnen tatsächlich kaum zu Gesicht bekamen. Sobald Neveflora ihre künftige Stiefmutter irgendwo sah, versuchte sie einen anderen Weg einzuschlagen, ohne grob unhöflich zu wirken.

Trotzdem belasteten Neveflora ihre romantischen Gefühle für die hübsche Marlanderin. Am Abend vor der Hochzeit ging sie deshalb in den Rosengarten, um sich eine Strategie zu überlegen, wie sie den nächsten Tag in Würde und Anstand überstehen konnte. Zumal sie an diesem Tag der frischgebackenen Königin nicht aus dem Weg gehen konnte.

Gemütlich schlenderte sie den Pfad im Garten entlang, auf dem Weg zu einer Laube. Hierhin zog sie sich gern zurück, denn sie war vom Schloss aus nicht einsehbar. Dort würde sie unbeobachtet ihren Gefühlen nachgeben können, selbst wenn sie dabei in Tränen ausbrechen sollte.

Wie erwartet, war ihr Lieblingsplatz am frühen Abend menschenleer. Völlig undamenhaft setzte sie sich im Schneidersitz auf die Bank. Etwas, das ihre Hofdamen nicht verstehen konnten. Sie fanden es unschicklich und unbequem. Gut, hätte sie ein mehrlagiges Kleid an, statt der praktischen Hosen, hätte sie diese Sitzposition vielleicht auch als weniger angenehm empfunden. Seufzend ließ sie ihren Oberkörper an die Lehne sinken und schloss ihre Augen. Dann begann sie langsam ein- und auszuatmen. Sie war so auf das Atmen konzentriert, dass sie nicht bemerkte, wie sich jemand näherte.

»Tut mir leid, wenn ich störe, aber ich muss unbedingt mit Euch reden«, hörte Neveflora plötzlich die Stimme von Agnes-Maria unmittelbar neben sich.

Erschrocken zuckte sie zusammen und riss die Augen auf. Tatsächlich stand die Prinzessin direkt vor ihr. Den Gesichtsschleier hatte sie auf die Seite geworfen, so dass ihr liebliches Gesicht zu sehen war, das äußerst bedrückt wirkte. Sofort schmolz Nevefloras Herz dahin.

»Bitte, setzt Euch. Was wollt Ihr mit mir bereden? Ist irgendetwas nicht zu Eurer Zufriedenheit mit den Hochzeitsvorbereitungen?«, fragte sie und lud die junge Frau mit einer Handbewegung dazu ein, sich zu ihr zu setzen, derweil sie ihre Beine damenhaft auf den Boden stellte.

Nachdem Agnes-Maria der Aufforderung nach-gekommen war, schlug Nevefloras Herz bis zum Hals. Hastig sah sie zur Seite und hoffte, dass ihr Gesicht nicht allzu sehr ihre Gefühle zeigte.

»Ich will nicht um den heißen Brei herumreden«, begann die künftige Königin. »Ich hatte die letzten Tage den Eindruck, dass Ihr mir aus dem Weg geht. Ich weiß, Ihr wart mit den Vorbereitungen beschäftigt. Dennoch hatte ich mehrmals beobachtet, dass Ihr einen anderen Weg wähltet, bevor Ihr auf mich treffen konntet. Da wir in Zukunft unter einem Dach wohnen werden, wollte ich wissen, womit ich dieses Verhalten provoziert habe. Vielleicht liegt ein Missverständnis vor, dann möchte ich das gern vor der Zeremonie geklärt haben.«

»Es ist ... Ihr habt nichts falsch gemacht«, stotterte Neveflora. »Ich war damit beschäftigt, dass der morgige Tag für Euch und meinen Vater unvergesslich wird. Es tut mir leid, wenn es so aussah, als ginge ich Euch aus dem Weg.«

Ein trauriger Blick traf Neveflora.

»Ich bin fremd hier, aber nicht dumm«, sagte Agnes-Maria mit Bestimmtheit. »Hat Euch Euer Vater gesagt, weshalb ich so schnell verheiratet werden soll? Wobei es meinem Vater wohl eher darauf ankam, dass ich möglichst weit weg von Marlanda bin. Ist es das, was Euch an mir stört?«

Die kralacsche Prinzessin schüttelte den Kopf. »Ihr könnt beruhigt sein. Papa hat mir nichts erzählt. Nur, dass es irgendeinen Skandal gegeben habe. Es tut mir leid, dass Ihr einfach abgeschoben wurdet. Und ich bin mir sicher, wüsste ich Euer Vergehen, würde ich Euch nicht dafür verurteilen.« Sie pausierte kurz, bevor sie fortfuhr: »Ich meine, ich trainiere ständig mit den Soldaten Schwertkampf und waffenlosen Kampf. Da habe ich immer Hosen an. Die meisten Höflinge oder anderen Königshäuser finden das nicht sonderlich passend für eine Prinzessin. Die würden mich lieber in einem hübschen Kleid und mit Stickzeug in der Hand sehen. Wenn ich dran denke, wie Ihr Euch immer verhüllen müsst ... musstet, kann ich mir vorstellen, dass so ein Benehmen bei Euch einen kleinen Skandal auslösen würde.«

»Klein?«, Agnes-Maria lachte, wenngleich es sich recht bekümmert anhörte. »Mein Vater hätte mich in meinem Zimmer eingesperrt, bis er mich verheiratet hätte. Wahrscheinlich noch viel weiter weg als nur bis Kralac.«

Beide schwiegen längere Zeit, in der nur das Rascheln der Büsche zu hören war.

Schließlich sagte Neveflora: »Zum Glück wohne ich in Kralac. Verzeihung, aber das hört sich für mich so an, als sei ein Leben in Marlanda, für einen Wildfang wie mich, unerträglich.« Sie spürte beinahe körperlich, wie der Blick der Prinzessin von ihren ebenholzfarbenen Haaren, über die alabasterfarbene Haut hin zu ihrem rosenroten Mund wanderte.

»Aber ein sehr hübscher Wildfang«, sagte sie leise. Erschrocken hielt die künftige Königin inne.

»Danke für das Kompliment. Ihr seid auch wunderschön. Ich liebe diesen wunderbaren Bronzeton Eurer Haut. Dazu das wunderschöne Grün Eurer Haare.« Flüsternd setzte Neveflora hinzu: »Deshalb musste ich dir aus dem Weg gehen. Ich habe mich in dich verknallt. Ich weiß einfach nicht, wie ich es ertragen soll, ausgerechnet in die Frau verliebt zu sein, die ich auf gar keinen Fall haben kann, weil sie meine Stiefmutter wird.« Ihr Gesicht hatte jetzt wahrscheinlich die Farbe von überreifen Tomaten angenommen. Verschämt wandte sie schnell den Blick ab. Was hatte sie nur geritten, der zukünftigen Königin ihre Gefühle derart zu offenbaren? Doch jetzt war es zu spät, gesagt war gesagt.

Agnes-Marias geflüsterte Antwort riss sie aus ihren aufgewühlten Gedanken: »Du weiß bestimmt nicht, warum ich quasi verbannt wurde?«

Neveflora schüttelte ihren Kopf, sagte aber nichts, weil sie ihrer Stimme nicht traute, ob die fest genug war. Sie fühlte die Finger der anderen Frau an ihrem Kinn. Mit sanftem Druck zwang die andere sie dazu, sich ihr wieder zuzuwenden. Tief versank sie in deren Augen. Da wisperte die künftige Königin: »Das, was so skandalös war, war meine Liebe zu einer Frau. Zumindest dachte ich, dass ich sie lieben würde. Doch als ich dich sah, erkannte ich meinen Fehler. Ich will ehrlich sein. Teilweise war ich froh, dass du mir aus dem Weg gegangen bist. Aber gleichzeitig war ich verletzt, weil ich dich sehen wollte.«

Die Hand auf das Knie der Frau legend, blinzelte Neveflora zwei Mal zur Sicherheit. Doch der verliebte Ausdruck in Agnes-Marias Gesicht blieb. Einem Impuls folgend, beugte sie sich zu ihr hin und strich hauchzart mit ihren Lippen über die der jungen Frau. Beide blieben bewegungslos sitzen. Keine der Frauen wollte diesen Augenblick zerstören.

Schließlich war es Neveflora, die flüsterte: »Das sollten wir wirklich nicht tun.«

Entgegen ihren eigenen Worten küsste sie Agnes-Maria. Erst zärtlich, dann fordernd. Der Kuss wurde mit gleicher Leidenschaft erwidert. Wie im Rausch vergaßen beide Frauen die Welt um sich herum.

Nach einiger Zeit lösten sie sich keuchend voneinander.

»Was machen wir jetzt nur?«, fragte die kralacsche Prinzessin die marlandische, nachdem sie ihre Sprache wiedergefunden hatte.

Seufzend und mit traurigem Blick antwortete diese: »Ich sehe keine andere Möglichkeit, als morgen deinen Vater zu heiraten und ihm, soweit ich es kann, eine gute Ehefrau zu sein. Ich wäre liebend gerne mit dir zusammen, aber ich fürchte, das ist nicht möglich.«

Nickend bestätigte Neveflora diese Einschätzung, während ihr eine Träne über die Wange lief. »Du hast recht. Ich wünschte, es wäre anders. Hätte ich mich in Greta verliebt, wäre es ein Leichtes gewesen, Vater dazu zu bringen, dass sie in meine Gemächer umziehen darf. Du jedoch ...« Sie überlegte, schüttelte dann aber den Kopf. »Sollen wir wenigstens versuchen, gute Freundinnen zu sein? Ich weiß noch nicht, ob ich es schaffe, dich ständig mit Vater zu sehen. Aber dich gar nicht in meiner Nähe zu haben, wäre noch schlimmer für mich.«

»Ich wäre sehr gerne mit dir befreundet«, entgegnete Agnes-Maria. »Es wird auch für mich nicht einfach werden. Aber ich habe dich lieber als gute Freundin an meiner Seite, als dass ich dich verliere. Vielleicht wird es ja mit der Zeit leichter«, fügte sie hoffnungsvoll hinzu.

Neveflora ließ es unkommentiert. Schnell stahl sie sich noch einen zarten Kuss, bevor beide Frauen aufstanden und gemeinsam zum Schloss zurückgingen.

Kapitel 4

Pünktlich am Hochzeitsmorgen kam Hauptmann Maluk von der Königlichen Wache aus Ukur-Land am Schloss des Königs von Kralac an. Dichtauf folgte ihm ein kleiner Planwagen, vor den zwei Pferde gespannt waren. Auf dem Kutschbock saßen zwei seiner Männer. Sowohl am Sattel des Hauptmanns, als auch am Wagen war jeweils eine weiße Fahne befestigt. Dennoch wurden die Soldaten vom Wachhabenden der Schlossgarde Kralacs angehalten.

»Halt! Ihr kommt hier nicht weiter.«

»Ruhig Blut. Wie Ihr seht, führen wir die weiße Flagge mit. Wir sind hier, mit den Grüßen unseres Herrschers Ukur, der Eurem König ein Geschenk zu seiner Hochzeit überbringen lässt.« Der Hauptmann zeigte mit der Hand in Richtung des Gefährts.

»Ich werde seine Majestät benachrichtigen lassen. Bis mir seine Entscheidung bekannt ist, wartet Ihr hier.« Der Wachhabende winkte einen Laufburschen zu sich, um ihn zum Schloss zu schicken.

Maluk zuckte mit den Schultern, dann lenkte er sein Pferd etwas zur Seite. Er hatte nur den Befehl, das

Geschenk zu überbringen, und nach Möglichkeit dabei niemanden zu verletzen oder zu töten. Wenigstens war der Laufbursche angemessen beeindruckt gewesen von ihm und seinen Soldaten. Bedächtig strich er über die strahlend weiße Rüstung mit dem Flammenauge auf der Brust. Seine Begleiter hatten ebenfalls die weiße Rüstung der Königlichen Wache an. Schon alleine wegen diesem prachtvollen Anblick hätte man ihnen die Einfahrt in den Schlosshof gewähren müssen. Aber was wollte man anderes von den rückständigen kralacschen Befehlsempfängern erwarten.

Er musterte das Vogelpärchen, das in einem Käfig unter der Plane stand. Die Vögel sahen munter und prächtig aus. Offensichtlich hatten sie die Tiere während ihrer Reise gut versorgt. Ihr Herr wäre ganz sicher nicht glücklich gewesen, ginge es den Tieren nicht gut. Sein Blick schweifte zu den weißen Pferden, die den Planwagen zogen. Da sie nur fünf Tage Zeit gehabt hatten, von Ukuru, der Hauptstadt von Ukur-Land bis zum kralacschen Schloss zu fahren, hatten sie ihren Tieren sehr viel abverlangt. Normale Rösser hätten jetzt wahrscheinlich Schaum vor dem Maul und wären schweißüberströmt. Diese spezielle Züchtung, die nur die Königliche Wache von Ukur-Land als Reit- oder Zugtier benutzen durfte, war jedoch deutlich ausdauernder. So standen die edlen Tiere mit funkelnden Augen vor dem Gefährt, als seien sie erst bei Morgengrauen angetrabt.

Der Hauptmann war wirklich stolz darauf, zur Königlichen Wache zu gehören. Die strahlende Rüstung zu tragen und dieses wundervolle Pferd reiten zu dürfen zeigte, wie wichtig er und sein Auftrag waren. Das mussten doch auch diese Hinterwäldler einsehen. Warum nur ließen sie ihn so lange warten?

Ungeduldig lenkte er sein Pferd in Richtung Tor, um sehen zu können, wann der Laufbursche wiederkam. Er wollte endlich in den Hof reiten und dem König das überaus großzügige Hochzeitsgeschenk überreichen. Sofort gingen die kralacschen Wachen in Habachtstellung. Maluk konnte darüber nur lächeln. Als ob ihn diese Hampelmänner aufhalten könnten, wenn er in den Hof hätte reiten wollen.

Er dachte gerade darüber nach, ob er seinem Anliegen Nachdruck verleihen sollte, als er den Burschen in Richtung des Tores laufen sah. Endlich hatte die Warterei ein Ende. Er richtete sich noch etwas weiter auf, um beim Weiterritt so imposant wie möglich auszusehen. Einen Moment später kam der Wachhabende auf ihn zu.

»Seine Majestät, König Emmerich Quasebarth lässt ausrichten, dass er nicht gedenkt, ein Geschenk von König Ukur anzunehmen. Er bittet Euch umzukehren und das Geschenk wieder mitzunehmen.«

Maluk glaubte, sich verhört zu haben. »Euer König weiß gar nicht, welch großzügiges Geschenk unser

Herr ihm in seinem Großmut überreichen lässt«, erwiderte er empört.

»Egal was es ist. Unser König will nichts von dem Dämon, der Euer Herrscher ist, annehmen. Dämonische Geschenke bringen nie etwas Gutes. König Emmerich möchte nicht, dass seine Hochzeit unter einem schlechten Stern steht. Jetzt verschwindet von hier, bevor die Hochzeitsgäste eintreffen.«

Zur Verdeutlichung seiner Worte hob der Wachhabende die Hellebarde leicht an.

›Was nun?‹, fragte sich der Hauptmann für einen Moment. Dann schüttelte er den Kopf. Die Ansage war klar und deutlich gewesen. Wenn diese Hinterwäldler so dämlich waren, ein Geschenk seines Königs auszuschlagen, würde er ganz sicher nicht darum betteln, das Präsent überreichen zu dürfen. Wortlos wendete er sein Pferd und winkte den Soldaten, ihm zu folgen. Hoch erhobenen Hauptes ritt von dannen.

In einem nahen Wäldchen beratschlagten sich die drei.
»Was machen wir jetzt?«, fragte einer der Männer.
»Na was wohl? Wir reiten zurück und überbringen unserem Herrn die Ablehnung des Königs«, erwiderte Maluk.

»Müssen wir die Vögel wieder mitnehmen, oder sollen wir die freilassen?«, erkundigte sich der andere Soldat. »Dann müssen wir die blöden Viecher nicht weiter durchfüttern, wenn der hiesige König sie nicht will.«

Über so viel Unvernunft konnte der Hauptmann nur den Kopf schütteln. „Unser Herr sieht alles, hört alles, weiß alles." Dabei deutete er so unauffällig wie möglich auf das flammende Auge, das die Rüstungen der drei Männer zierte. »Willst du dich ihm gegenüber verantworten, wenn die Vögel weg aber auch nicht im kralacschen Königsschloss zu finden sind?«

»Nein«, kam es kläglich von dem Gescholtenen zurück.

»Dann ist das ja geklärt. Aufsitzen! Wir haben einen langen Weg vor uns«, bestimmte Maluk.

»Können wir wenigstens diese blöde weiße Fahne wegwerfen?«, wollte der erste Soldat wissen.

Der Hauptmann fragte sich, warum er scheinbar die beiden größten Trottel der Kompanie mit auf die Mission bekommen hatte. Laut sagte er: »Wenn du dir den Weg bis nach Ukur-Land freikämpfen willst, kannst du die Flagge wegwerfen. Ich für meinen Teil werde sie bis zur Grenze behalten. Mir ist es wichtiger, schnell wieder zu unserem Herrn zu kommen. Da möchte ich mich nicht mit sinnlosen Kämpfen aufhalten.«

Um weiteren unnötigen Fragen zuvorzukommen, wendete er sein Pferd und ritt voraus, so dass den beiden Soldaten nichts anderes übrigblieb, als ihm zu folgen.

Kapitel 5

Nachdem die Soldaten aus Ukur-Land abgerückt waren, herrschte noch immer helle Aufregung im Schloss.

»Wie kann er es wagen!«

»Dieser Dämon ist wie eine üble Krankheit. Man sollte ihn und seine Handlanger ausrotten.«

»Warum lassen wir die Dämonenanbeter einfach wieder abziehen? Man sollte sie für diese Unverschämtheit aufknüpfen!«

Das waren nur einige der Stimmen, die zu hören waren. Neveflora schüttelte den Kopf. Sie konnte verstehen, dass die Leute aufgebracht waren. Aber die Wut an den fremden Soldaten auszulassen war ganz sicher keine Lösung. Den Dämon zu töten hatten schon viele versucht und waren kläglich damit gescheitert. Möglicherweise hatte es Ukur ja sogar darauf angelegt, dass seine Männer angegriffen wurden, um dies als Vorwand für einen erneuten Krieg gegen Kralac zu benutzen. Sie war einfach nur froh, dass die Boten widerstandslos abgezogen waren.

Sie klopfte an die Tür ihrer zukünftigen Stiefmutter.

»Herein!«, rief Greta. Natürlich, die Gesellschafterin. Sie hätte gerne noch ein paar Worte alleine mit Agnes-Maria gewechselt, aber das würde wohl schwierig werden.

Nachdem sie eingetreten war und sich Greta vergewissert hatte, dass sich auch wirklich kein männliches Wesen in die Räume eingeschlichen hatte, führte sie Neveflora zum Schlafgemach. Dort angekommen, verschlug es der Prinzessin den Atem.

Agnes-Marias Hochzeitskleid war zwar hochgeschlossen und verdeckte jedes Stückchen Haut, dennoch war es am Oberkörper enggeschnitten und betonte die schlanke, aber dennoch weibliche Figur der künftigen Königin. Bei der Kopfbedeckung hatte Agnes-Maria tatsächlich einen Kompromiss aus kralacscher und marlandischer Tradition gewagt. So bedeckte ein zarter Schleier Haare und Hals, ließ aber das Gesicht frei. Dieses war dezent jedoch sehr gekonnt geschminkt, so dass die junge Frau noch schöner wirkte, als sie ohnehin war. Ganz sanft schimmerten die dunkelgrünen Haare durch den weißen Stoff, was einfach hinreißend aussah. Neveflora wäre am liebsten auf die marlandische Prinzessin zu gerannt und hätte sie geküsst. Das war natürlich unmöglich. Eine Welle der Eifersucht auf ihren Vater drohte sie zu überrollen, dem es vergönnt war, dieses bezaubernde Geschöpf demnächst zu küssen. Wie gerne hätte sie mit ihm getauscht!

Laut sagte sie jedoch nur: »Du siehst wundervoll aus, Agnes-Maria. Mein Vater hat wirklich Glück, eine so schöne Frau ehelichen zu dürfen.«

»Ich danke Dir, meine Liebe«, antwortete die Braut, trotz der freundlichen Worte, mit einer gewissen Distanz in der Stimme.

Kurz spürte Neveflora einen Stich im Herzen. Zum Glück erinnerte sie sich rechtzeitig daran, dass Greta ebenfalls im Raum war. Natürlich wusste sie von dem Skandal, der zu Agnes-Marias überhasteter Vermählung geführt hatte. Umso aufmerksamer beobachtete sie jeden Schritt ihrer Herrin. Da war es wirklich besser, in deren Beisein eine gewisse Distanziertheit an den Tag zu legen. Deshalb bemühte sich auch Neveflora, ihre Worte neutral klingen zu lassen: »Die Gäste sind im großen Saal versammelt. Wenn du soweit bist, werde ich dich dorthin geleiten, damit die Zeremonie vollzogen werden kann.«

Die Braut atmete nochmals tief ein, dann nickte sie. »Würdest du mir bitte mit dem Schleier helfen, Neveflora? Beim Eintritt in den Saal sollte mein Gesicht schließlich noch bedeckt sein. So wie ich es verstanden habe, ist das hier auch üblich.« Dann wandte sie sich an ihre Gesellschafterin: »Greta, würdet Ihr aus dem Salon den Brautstrauß holen?«

Die Angesprochene nickte und verließ den Raum. Schnell überwand Agnes-Maria die kurze Distanz zu ihrer künftigen Stieftochter und hauchte ihr einen Kuss auf die Lippen. Leise wisperte sie: »Mehr ist heute einfach nicht möglich. Aber wenigstens einen flüchtigen Kuss wollte ich noch von dir haben, bevor ich deinem Vater das Ja-Wort gebe. Danke, dass du mich begleitest. Ich bin doch sehr aufgeregt.«

Die Prinzessin konnte nur nicken. Sie hörte Greta wieder zurückkommen und beeilte sich, den Schleier der Braut zurecht zu zupfen. Sie war sich sicher, dass sie deutlich rote Wangen hatte und wünschte sich fast, sie hätte selbst einen Schleier, den sie über ihr Gesicht ziehen konnte.

Schließlich machten sich die drei Frauen auf den Weg. Vor der Tür wartete eine Abordnung von vier Gardisten, die die Damen durch das Schloss begleiteten.

Am Abend wusste Neveflora nicht mehr so genau, wie sie den Tag mit Anstand und ohne ständige Eifersuchtsattacken überstanden hatte. Die Zeremonie war sehr feierlich gewesen. Die neue Königin war von allen herzlich willkommen geheißen worden. Ihre Schönheit hatte die ganze Festgesellschaft in ihren Bann geschlagen, so dass es kein böses Wort oder Stichelei wegen des Schleiers und der hochgeschlossenen Kleidung der Braut gegeben hatte. Es waren viele Trinksprüche zum Besten gegeben worden. Zum Glück hatte sich die Prinzessin nur sehr stark verdünnten Wein einschenken lassen, sonst wäre sie vor lauter zuprosten betrunken gewesen. Auf der einen Seite hätte sie gerne Vergessen im Wein gesucht. Allerdings wäre die Gefahr, dass sie sich über die Liebe zur neuen

Königin verplappert hätte, viel zu groß gewesen. So waren sie und Königin Agnes-Maria am späten Abend die einzigen Personen auf der Hochzeit, die nicht volltrunken waren. Zwischendurch fragte sich Neveflora, wie ihr Vater so betrunken die Ehe vollziehen wollte, entschied dann aber, dass sie das gar nicht so genau wissen wollte.

Schließlich zog sich das frischgebackene Ehepaar in die Gemächer des Königs zurück. Nachdem sich auch Greta und die kleine marlandische Delegation verabschiedet hatten, wurden die Lieder zotiger und die Tänze der verbliebenen Gäste deutlich anzüglicher. Dies verhalf der Prinzessin dazu, Agnes-Maria für eine Weile zu vergessen. Sie sang laut mit und ignorierte die erstaunten Blicke der Spielleute, weil sie die ganzen frivolen Lieder kannte. Sie wollte nur noch lachen und tanzen und nicht an die kommenden Tage denken.

Auch das schönste Fest geht irgendwann zu Ende. Am nächsten Mittag wachte Neveflora heiser und mit dickem Kopf auf. Sie ließ sich ihre Mahlzeiten bringen und war froh, an diesem Tag nicht viele Leute sehen zu müssen.

Abends, als es ihr besser ging, spazierte sie noch ein wenig im Garten umher. Wie magisch wurde sie von der Gartenbank angezogen, auf der sie Agnes-Maria zum ersten Mal geküsst hatte. War das wirklich erst vorgestern gewesen? Es kam ihr vor, als verzehre sie sich schon viel länger nach der jungen Frau. Erneut rief sie sich ins Gedächtnis, das diese jetzt ihre Stiefmutter war. Die Königin von Kralac. Warum nur musste sie sich ausgerechnet in die eine Frau verlieben, mit der sie nicht zusammen sein durfte. Sie seufzte und wollte aufstehen, als sie jemanden kommen hörte.

»Ich hatte gehofft, dich hier zu finden«, erklang die Stimme von Agnes-Maria.

»Guten Abend. Wie geht es dir?«, fragte Neveflora um Neutralität bemüht.

Während sie sich setzte, antwortete ihre Stiefmutter. »Ich denke, ganz gut.«

»Wie war die Hochzeitsnacht?«, sobald die Worte gesagt waren, schalt sich die Prinzessin eine Närrin. Wollte sie das denn wirklich wissen?

Die Königin zuckte die Schultern. »Ganz in Ordnung, nehme ich an. Vergleichsmöglichkeiten habe ich ja keine. Aber ich bin froh, dass ich eigene Gemächer habe. Natürlich wird mich Emmerich dort hin und wieder besuchen, oder er lädt mich in seine Räume ein. Aber ich kann auch einfach nur für mich sein. In Marlanda haben König und Königin nur gemeinsame Zimmer. Ich stelle es mir schwer vor, da eine Pause voneinander nehmen zu können.«

»Getrennte Räume gibt es bei uns auch nur beim Adel. Beim einfachen Volk können die Eheleute schon froh sein, wenn sie ein eigenes Zimmer haben und das nicht noch mit der Familie oder dem Gesinde teilen müssen.« Neveflora überlegte kurz, dann fügte sie hinzu: »Wenn du dann erst einmal ein Kind hast, wird

Vater vermutlich sehr froh sein, wenn er in seinen Zimmern ein wenig Ruhe findet.«

Agnes-Maria lachte. »Davon würde ich ausgehen. Da er ständig vor Entscheidungen steht, die teilweise sehr weitreichende Folgen haben, ist es auf jeden Fall gut, wenn er diese ausgeruht treffen kann und nicht die halbe Nacht durch Kindergeschrei wachgehalten wird. Ich bin aber eigentlich hergekommen, um dir jemanden vorzustellen.«

Neugierig sah sich die Prinzessin um, konnte jedoch niemanden entdecken. Ihre Stiefmutter machte auch keine Anstalten, sich zu erheben.

»Jemand ist irreführend, etwas wäre aber auch falsch«, kommentierte Agnes-Maria den suchenden Blick der Prinzessin. »Es ist ein Geheimnis. Schwörst du mir, dass du es bewahrst und niemandem verrätst?« Ein fragender Blick traf die Prinzessin.

»Ich schwöre es«, antwortete Neveflora ohne zu zögern.

»Mmmh, gibst du mir zur Besiegelung einen Kuss?« Auffordernd näherte sich die Königin ihr.

Jetzt musste die Prinzessin grinsen. Sie ließ Agnes-Maria jedoch nicht lange warten. Schnell sah sie sich um, ob sie auch tatsächlich alleine waren. Dann legte sie ihre Lippen auf die sich ihr entgegenkommenden. Der Kuss wurde rasch intensiver. Als sich die beiden voneinander trennten, mussten sie erst einmal tief Luft holen.

»Wir sollten vorsichtiger sein. Dennoch, der Kuss war wirklich schön«, flüsterte Neveflora.

»Du hast recht. Aber es musste einfach sein«, sagte die Königin lächelnd. »Ich würde dich gerne noch weiter küssen, doch wir sollten nicht unvorsichtig werden. Deshalb werde ich dir jetzt Timodäus vorstellen.« Sie zog einen Spiegel aus einer Tasche an ihrem Kleid, wischte mit dem Ärmel über die polierte Fläche und sprach: »Zeige dich Timodäus.«

Die Prinzessin hatte das Geschehen mit leicht erstauntem Blick verfolgt, stieß dann jedoch einen kurzen, spitzen Schrei aus, als im Spiegel plötzlich das Gesicht eines Mannes erschien. Schnell fing sie sich wieder und musterte neugierig das Antlitz des Fremden. Die Augen, die Haare und der Bart des Mannes waren silbergrau, die Hautfarbe hellsilbern. Hätte er sich nicht bewegt, wäre Neveflora davon ausgegangen, dass es sich nur um ein Bild handelte, aber so ...

»Ist das Magie?«, flüsterte sie fasziniert, aber auch etwas ängstlich.

»Ja«, antwortete Agnes-Maria. »Darf ich vorstellen, das ist Timodäus, mein Ratgeber. Er war ... ist ein sehr gelehrter Mann, mein Lehrer von Kindesbeinen an. Er ist ein Mann der Wissenschaft, und ständig darum bemüht, noch mehr Wissen anzuhäufen. Seine Spezialgebiete sind Heilverfahren und Magie.«

»Ich grüße Euch, Prinzessin Neveflora. Wie Ihr sehen könnt, ist leider eines der magischen Experimente schiefgelaufen, weshalb ich jetzt in einer Art Zwischenwelt feststecke«, ließ sich die bekümmerte Stimme von Timodäus vernehmen.

»Was meint Ihr mit Zwischenwelt?«, fragte die Prinzessin neugierig.

»Das ist nicht ganz leicht zu erklären. Vor allem, weil ich selbst nicht genau weiß, wie ich meine derzeitige Umgebung beschreiben soll. Auf jeden Fall ist es so, dass ich nur durch spiegelnde Flächen in Eure Welt schauen kann. Ich kann mich auch nur dann mit Menschen unterhalten, wenn diese in einen reflektierenden Gegenstand schauen, oder einen See, behelfsweise auch eine Wasserpfütze.« Der Gelehrte kratze sich am Kopf, dann zuckte er die Schultern.

»Und das funktioniert nur, wenn Euch jemand ruft?«, erkundigte sich Neveflora.

»Nein, das geht eigentlich immer«, antwortete Timodäus. »Allerdings scheue ich mich, ungerufen in einem Spiegel zu erscheinen, um peinliche Situationen zu vermeiden. Nicht jeder ist begeistert, wenn ihm oder ihr ein Gesicht entgegensieht, anstelle des eigenen Spiegelbildes. Außerdem möchte ich manches nicht wirklich mit ansehen.« Die Prinzessin hatte den Eindruck, dass sich die Wangen von Timodäus leicht rosa färbten.

»Das ist der Grund, weshalb der Spiegel in meinem Schlafzimmer immer verhängt ist. Dort kann er wohnen, ohne Dinge sehen zu müssen, die nicht für ihn bestimmt sind. Wenn ich aber seinen Rat benötige, ist er in meiner Nähe. Die Zwischenwelt, in der er feststeckt, scheint überall zu sein. Wenn ich Timodäus' Wissen brauche, mich aber nicht in der Nähe meines Schlafzimmerspiegels aufhalte, muss ich nur einen Spiegel zur Hand nehmen und seinen Namen rufen, schon erscheint er.« Agnes-Maria nahm die Hand der Prinzessin und legte den Griff des Handspiegels hinein. »Timodäus, bitte ziehe dich für einen Moment in den Wandspiegel zurück. Dann soll Neveflora versuchen, dich zu rufen. Ich bin sehr gespannt, ob das möglich ist.«

Einen Augenblick später war das Gesicht verschwunden. Die Prinzessin sah kurz in den Spiegel, entdeckte dort jedoch nur ihr eigenes Antlitz. Sie nahm ihren Mut zusammen und sprach leise, aber deutlich: »Timodäus, zeigt Euch bitte.«

So schnell wie er zuvor verschwunden war, erschien der Gelehrte auch wieder.

»Es funktioniert«, jubelte die Königin. »Timodäus ist ein weiser Mann und kein Botenjunge, aber so können wir uns bei Bedarf Nachrichten übermitteln. Ist das nicht toll? So können wir beispielsweise einen Treffpunkt vereinbaren, ohne dass jemand diese Mitteilung abfangen kann.«

»Und das geht mit jedem Spiegel?«, fragte Neveflora skeptisch.

»Mit jeder spiegelnden Fläche. Ich könnte Euch auch hören, wenn Ihr an einem Teich sitzt oder Euch über Eure Waschschüssel beugt. Aber seid versichert, dass ich nicht erscheinen werde, wenn Ihr mich nicht ausdrücklich herbeiruft. Ich werde Euch nicht versehentlich beim Waschen oder Baden zusehen. Auch wenn ich kaum mehr als ein Geist bin, so gebietet dies doch der Anstand.« Die letzten Worte kamen etwas steif von der Spiegelfläche. Neveflora vermutete, dass es Timodäus peinlicher wäre, ihr beim Baden zuzusehen, als ihr selbst.

»Aber ist es nicht etwas respektlos einen gelehrten Mann als Botenjungen zu missbrauchen?«, erkundigte sich die Prinzessin.

»Euer Einwand ist durchaus berechtigt«, antwortete Timodäus. »Allerdings ist es so, dass es in der Zwischenwelt nicht sehr viel Zerstreuung gibt. Ich hatte gehofft, dass sich hier eine große Menge vergessenen Wissens befinden würde, aber leider ist es deutlich weniger als gedacht. Daher bin ich über etwas Abwechslung froh, selbst wenn dies nur Botendienste beinhaltet. Es ist wirklich ein Jammer. Da bin ich jetzt im Schloss von Kralac, dessen Bibliothek weithin berühmt ist für seine heilkundlichen Bücher und dann kann ich mir diese nicht einmal anschauen.«

»Seht Ihr die Welt spiegelverkehrt, oder richtig herum?«, wollte Neveflora wissen.

»Da bin ich mir nicht ganz sicher, warum fragt Ihr?«

»Ich dachte, wenn Ihr so freundlich seid, den Botenjungen zu spielen, könnte ich hin und wieder mit einem Spiegel in die Bibliothek gehen und Euch so

Zugang zu den Büchern verschaffen, die Ihr lesen wollt«, antwortete die Prinzessin.

»Das würdet Ihr tun? Habt Ihr als Frau denn Zugang zu den Büchern?«, kam es erstaunt von dem Gelehrten.

»Warum sollte ich keinen Zugang haben? Ich bin sogar recht oft in der Bibliothek. Es ist also kein Problem, da einen Spiegel mitzunehmen und diesen vor einem Buch zu platzieren. Ihr müsst mir dann nur Bescheid geben, wenn ich umblättern soll.«

»In Marlanda dürfen nur Männer in die Bibliothek«, warf Agnes-Maria ein. »Wobei, es gibt einen gesonderten Raum, in dem Bücher liegen, die für Frauen bestimmt sind. Dort haben dann wiederum die Männer keinen Zutritt.« Sie überlegte kurz. »Das heißt, ich darf hier einfach in die Bibliothek gehen und lesen, was immer ich möchte?«

Neveflora zuckte mit den Schultern. »Du bist die Königin, niemand wird es wagen, dir Vorschriften zu machen. Wie wäre es, wenn wir morgen nach dem Frühstück gemeinsam dort hingehen? Dann stelle ich dir den Bibliothekar vor. Einen Spiegel nehmen wir auch mit. Dann können wir uns alle drei einen gemütlichen Lesevormittag machen. Am Nachmittag wird dich Vater mit zur Ratsversammlung nehmen wollen, aber den Vormittag können wir gerne zusammen in der Bibliothek verbringen.«

Dieser Vorschlag wurde begeistert angenommen und am folgenden Tag auch gleich in die Tat umgesetzt. Am

Nachmittag widmete sich Neveflora dann dem Schwertkampf, während Agnes-Maria sich bemühte, die Ratssitzung wach, und ohne einen allzu müden Eindruck zu machen, durchzuhalten.

Kapitel 6

Aufrecht, aber mit demütig gesenkten Augen, stand Hauptmann Maluk fünf Tage nach seinem missglückten Botengang in Kralac, im Thronsaal des Palastes von Ukur-Land. Der Prachtbau war früher ein Jagdschloss der Könige von Kralac gewesen. Nach der Übernahme der Hälfte des Landes durch Ukur hatte dieser das ehemals bescheidene Schloss zu einem Palast ausbauen lassen, der seiner Meinung nach der Herrlichkeit seines neuen Besitzers, also ihm, angemessen war. Von hier aus regierte er sein Land mit eiserner Faust.

Der Hauptmann salutierte, dann wartete er stumm, bis sein Herr das Wort an ihn richtete.

»Sprich, wie ist es dir ergangen? Hat der dumme Menschenkönig meine Geschenke angenommen?«, fragte Ukur seinen Untergebenen, wohlwissend, dass die Präsente verschmäht worden waren.

»Eure herrliche Majestät, wie Ihr vorausgesagt hattet, hat man mich und meine Männer ob der weißen Flagge frei durch Kralac ziehen lassen. Die Leute dort waren zwar nicht freundlich zu uns, sie ließen uns jedoch unbehelligt.« Maluk war darüber noch immer erstaunt. In Ukur hätten fremde Soldaten niemals einfach passieren dürfen, egal welche Form oder Farbe irgendeine mitgeführte Flagge gehabt hätte. »Lediglich vor dem eigentlichen Schlosshof wurden wir angehalten. Dort hatte man die Dreistigkeit, uns warten zu lassen, bevor ein Laufbursche die Nachricht überbrachte, dass der König von Kralac nicht beabsichtige, Euer überaus großzügiges Hochzeitsgeschenk anzunehmen. Dann wurde uns unmissverständlich mitgeteilt, dass wir uns wieder auf schnellstem Wege nach Ukur-Land begeben sollten. Euren Befehlen entsprechend haben wir diesen Affront ungesühnt gelassen und sind zurückgekehrt.«

»Das ist eine Kriegserklärung!«, polterte der Dämonenkönig. »Das werde ich nicht auf mir sitzen lassen! Dieser Emporkömmling von einem König wird schon sehen, was er davon hat, ein so großzügiges Geschenk von mir zurückzuweisen. Geh jetzt, Hauptmann. Ich werde mir eine angemessene Antwort auf diese Unverschämtheit überlegen.«

Maluk salutierte, dann verließ er zügig den Thronsaal.

Auch nachdem die Tür ins Schloss gefallen war, starrte König Ukur noch einige Zeit auf den Weg, den sein Untergebener genommen hatte. Schließlich, als er sicher war, dass sich niemand außer zwei Lust-Sklavinnen in Hörweite aufhielt, fing er schallend an zu lachen. Die beiden Frauen drängten sich angstvoll aneinander, da sie ihren Herren noch nie hatten lachen hören, und das dröhnende Grollen nicht als Ausdruck des Vergnügens einordnen konnten.

Schließlich verstummte der Dämon. Zurück blieb nur ein zufriedenes Grinsen, das eher bösartig als glücklich aussah. Hätte König Emmerich sein Hochzeitsgeschenk angenommen, so hätte Ukur durch die Augen der Vögel sehen und durch deren Ohren hören können, was im Schloss vor sich ging. Bessere Spione hätte er sich nicht wünschen können. Wissen war schließlich Macht. Eine Macht, die er gerne missbrauchte, um sich selbst nehmen zu können, was immer er begehrte. Außerdem machte sie ihn unantastbar. Eine seiner besten Ideen war es gewesen, den Soldaten von Ukur-Land ein flammendes Auge auf die Uniformen malen oder sticken zu lassen. Durch diese Augen konnte er nicht nur sehen, was geschah, sondern auch hören, was gesprochen wurde. Nur wenige Eingeweihte wussten Bescheid. Und die würden sich eher die Zunge abbeißen als die anderen darüber zu informieren. So war er ständig über alles im Bilde. Dieses Wissen hatte ihm nicht nur geholfen, Putschversuche der Armee zu unterbinden, sondern ihm auch schon das Leben gerettet. Durch die Unwissenheit seiner Soldaten hielten ihn die meisten für allwissend. Was dem einfachen Volk gegenüber seine fast göttliche Macht untermauerte.

Nun, der kralacsche König hatte sein Geschenk nicht angenommen. So hatte er keine Augen und Ohren im Schloss, aber dafür hatte er einen vorzüglichen

Vorwand, um Kralac angreifen zu können. Somit war seine List dennoch aufgegangen. Schon bald würde das ganze Land ihm gehören. Es würde noch einiges an Vorbereitungszeit benötigen. Bis dahin käme dieser widerliche Winter übers Land. Die winterliche Kälte war etwas, die er gar nicht an seinem derzeitigen Sitz mochte. Wenn ganz Kralac erst einmal ihm gehörte, sollte es kein Problem sein, dass er seine Hände zügig in Richtung Süden ausstreckte. Dann würde er die grässlichen Winter in warmen, südlichen Gefilden verbringen. Die Sommer dagegen in seinem angestammten Palast in Ukur-Land. Bis es soweit war, würde er die nächsten, schier endlos scheinenden, Winternächte damit verbringen, einen Schlachtplan zu entwerfen.

Er hatte lange genug gewartet, dass eine von Quasebarths Töchtern ihn heiraten und ihm somit ganz bequem zum Thron des ganzen Landes verhelfen würde. Da Emmerichs schwertschwingende Tochter sicherlich keine angemessene, anschmiegsame Ehefrau sein würde, musste er sich das Land eben durch einen weiteren Krieg aneignen. Das machte ihm letztlich sogar mehr Spaß. Er freute sich schon auf das viele Menschenblut, das fließen würde.

Kapitel 7

Die nächsten Monate vergingen in Windeseile. Neveflora und Agnes-Maria verbrachten so viel Zeit miteinander wie es ihnen möglich war, ohne ihre jeweiligen Pflichten zu vernachlässigen. Da sie sich sehr oft in der Bibliothek trafen, konnte auch Timodäus seinen Wissensdurst stillen.

Der Winter war für Agnes-Maria schwierig. Eine solche Kälte war sie nicht gewohnt. Sie fror fast den ganzen Tag. Und dass sie inzwischen schwanger war, machte es für sie auch nicht einfacher. Wenn die Königin frierend in der Bibliothek saß, versuchte Neveflora sie zu wärmen, indem sie ihre Arme um sie schlang. Auch wenn das vordergründig dazu dienen sollte Agnes-Maria warmzuhalten, so waren sie immer sehr darauf bedacht, dass niemand dies sah. Dass sie sich bei diesen unbeobachteten Momenten gegenseitig küssten, blieb ebenso im Verborgenen, wie ihre Liebe zueinander.

Eines Tages im Spätwinter saß die Prinzessin am Fenster ihres Schlafzimmers und blickte auf die Schneereste im Hof. Die ersten zarten Schneeglöckchen reckten in den Rabatten ihre Köpfe aus dem eisigen Weiß. Sie seufzte. Eigentlich sollte die Aussicht auf den Frühling mit seinen kräftigen Farben und den wärmeren Tagen sie mit Freude erfüllen. Sie fühlte jedoch nur Traurigkeit. In vier Monaten schon sollte die Königin niederkommen. Sie freute sich auf ein Geschwisterchen. Gleichzeitig betrübte sie der Gedanke, dass ihre heimliche Geliebte dann noch weniger Zeit für sie haben würde. Wobei heimliche Geliebte nur insofern richtig war, dass sie ihre Liebe zueinander vor allen anderen verbargen. Außer hin und wieder einem Kuss oder einer Umarmung hatten sie keine Intimitäten geteilt. Ein Umstand, der der Prinzessin allmählich zu schaffen machte. Wie gerne hätte sie die Nächte mit Agnes-Maria verbracht. Sie stellte es sich wundervoll vor, morgens neben ihrer Geliebten aufzuwachen, sie zärtlich zu küssen und den Tag gemeinsam zu beginnen. Aber das war ihnen versagt. Nevefloras Herz hing so schwer in ihrer Brust wie der alte Schnee auf den Ästen der Bäume.

Wie sollte es nur weitergehen? Solange sie im Schloss wohnte, würde sie die Königin nicht aus ihren Gedanken verbannen können. Sie jeden Tag zu sehen und zu wissen, dass sie unerreichbar für sie war, stimmte sie immer trauriger. Hinzu kam, dass ihr Vater gerüchteweise auf der Suche nach einem passenden Ehemann für sie war. Jetzt, wo ein weiteres Kind unterwegs war, war es nicht mehr wichtig, dass sie als Thronfolgerin im Schloss blieb. Sollte das Ungeborene

55

ein Knabe sein, wäre sie auch nicht mehr Thronfolgerin. Da war es nur folgerichtig, dass der König versuchte, sie um eines Bündnisses willen mit einem Prinzen oder Herrscher eines der benachbarten Königreiche zu vermählen. Dass sie nicht die Tochter war, die den Dämon durch zwergischen Liebeszauber bezirzen würde, war jedem klar. Vielleicht war es gar nicht so schlecht, wenn sie künftig an einem anderen Ort wohnte. Möglicherweise kamen Agnes-Maria und sie so voneinander los.

Der Gedanke, vom Schloss wegzugehen, fühlte sich plötzlich gar nicht mehr so falsch an. Aufs Geratewohl irgendeinen Fremden zu heiraten kam jedoch auch nicht in Frage. Sie tippte sich nachdenklich mit dem Zeigefinger gegen das Kinn. Welche Möglichkeiten hatte sie? Während sie so über ihre Zukunft nachdachte, fiel ihr Blick in den Hof. Dort hatten gerade die Rekruten Aufstellung genommen. Ob wohl alle nach der Ausbildung als Soldat im Schloss blieben? Mmmh ... Ausbildung? Ausbildung! Das war die Lösung. Beinahe hätte Neveflora laut aufgelacht.

Ehe sie der Mut verlassen konnte, stürmte sie aus ihrem Zimmer direkt zum Arbeitszimmer des Königs. Sie klopfte dort zwar der Höflichkeit halber an, riss jedoch die Tür auf, noch bevor ein »Herein« von innen ertönt war. Zum Glück traf sie ihren Vater alleine an. Der schaute zuerst verärgert über die Störung. Doch als er erkannte, wer in sein Arbeitszimmer gestürmt kam, überzog ein Lächeln sein Gesicht. Neveflora ließ ihm nicht einmal genug Zeit, ein Wort an sie zu richten.

»Papa, ich habe schon so viel über den Schwertkampf gelernt, jetzt möchte ich gerne alles über die Herstellung von Waffen lernen«, sprudelte es aus Neveflora heraus, kaum dass sie die Tür hinter sich gelassen hatte.

Der König zog die Augenbrauen nach oben. »Du willst die Schmiedekunst erlernen? Das ist nicht notwendig, du bist eine Prinzessin. Wenn du ein Schwert haben möchtest, dann sagst du dem Schmied Bescheid und der stellt eine passende Waffe für dich her.«

Die Prinzessin nickte zuerst, dann schüttelte sie den Kopf. »Das ist richtig, Vater. Aber ich möchte gerne prüfen können, ob die Waffe wirklich gut ist. Dafür muss ich wissen, wie man so ein Schwert schmiedet. Mir geht es gar nicht darum, dass ich tatsächlich eine Meisterschmiedin werde. Jedoch möchte ich die Qualität eines Schwerts beurteilen können. Es gibt nach wie vor immer wieder kleinere Scharmützel an unserer Grenze zu Ukur-Land. Um dort bestehen zu können, benötigen die Soldaten gute Waffen. Ich denke, die werden es zu schätzen wissen, wenn ich sehe, ob ein Schwert etwas taugt.«

»Mmh ... Ja, das Argument ist nicht ganz von der Hand zu weisen«, sagte der König, während er sich nachdenklich am Kopf kratzte. »Aber du bist die Prinzessin und derzeit noch Thronfolgerin von Kralac und vielleicht eines Tages die Königin eines anderen Landes. Du kannst dich nicht einfach in eine Schmiede stellen. Weißt du, wie schmutzig es in so einer Werkstätte ist? Wie rußverschmiert die Personen dort sind? Ganz zu schweigen von den Muskeln, die man benötigt, um das Eisen auf dem Amboss in Form zu schlagen? Du hast durch dein Kampftraining ohnehin schon einen kräftigeren Körper als die meisten Prinzen und Könige ästhetisch finden. Es ist bereits jetzt schwierig, einen passenden Ehemann für dich, die schwertschwingende Prinzessin, zu finden. Wenn die Leute dich auch noch mit Ruß im Gesicht sehen, muss ich dich irgendwann an einen einfachen Baron verheiraten ...«

»Wer eine Frau nicht zu schätzen weiß, die sich verteidigen kann, kommt für mich ohnehin nicht in Frage«, unterbrach ihn seine Tochter. »Aber wegen deiner Bedenken, dass mich das Volk sehen könnte. Daran habe ich auch gedacht. Deshalb werde ich bei Dwarf-Inc. nachfragen, ob ich bei ihnen lernen darf. Die Zwerge wohnen im Wald, dorthin verirrt sich kaum jemand. Außerdem bauen sie das Erz selbst ab, verhütten und schmieden es. Ich kann also den gesamten Prozess dort beobachten. Keine Sorge, in die Mine werde ich nicht reingehen und das Erz abbauen. Ich schätze, die Zwergenstollen sind auch zu klein für mich. Aber interessant ist es sicherlich zu sehen, wie aus ein paar Klumpen Stein eine Waffe entsteht.«

»Die Zwerge dulden keine Menschen in ihrer Nähe. Die werden dich nie und nimmer bei sich aufnehmen, damit du ihre Schmiedegeheimnisse erkunden kannst.«

»Ich möchte es gerne versuchen, wenn du erlaubst, dass ich zu ihnen reise«, beharrte Neveflora.

König Emmerich schüttelte den Kopf. Er hatte seiner Tochter schon immer sehr schlecht einen Wunsch abschlagen können. Wie man daran sah, dass sie mit den Soldaten übte, dabei Hosen trug und sich darüber hinaus auch noch regelmäßig in der Bibliothek aufhielt, statt sich gesittet irgendwelchen Stickereien zu widmen.

»Also gut, reite in den Wald. Sollte dir Dwarf-Inc. wider Erwarten gestatten, dass du bleiben darfst, kannst du dir das ein Jahr lang ansehen. Sollten dich die Zwerge nicht bei sich haben wollen, kommst du zurück und ich schaue, dass ich einen guten Ehemann für dich finde. Bist du mit diesem Vorschlag einverstanden?«

Die Prinzessin strahlte über das ganze Gesicht. »Ja, Vater. Das hört sich gut an. Ich werde morgen losreiten.«

Dann drehte sie sich um und rannte aus dem Arbeitszimmer. Kopfschüttelnd sah der König ihr nach.

In ihrem Zimmer angekommen, packte Neveflora Hosen, Hemden und eine Jacke in eine lederne Satteltasche. Dann schnappte sie sich eine zweite und eilte in die Vorratskammer des Schlosses, um Brot,

Käse, Schinken, zwei Wasserschläuche und ein paar Äpfel einzupacken. Schließlich nahm sie sich sieben Weinschläuche. Sie benötigte schließlich etwas, um die Zwerge bestechen zu können. Geld verdienten diese mit ihren, weit über Kralac hinaus, berühmten Waffen sicherlich genug. Damit würde sie sie nicht überreden können, dass sie bei ihnen bleiben durfte.

Zurück in ihrem Zimmer überlegte sie, was sie Dwarf-Inc. außer den Weinschläuchen und ihrer Arbeitskraft noch anbieten konnte. Schließlich ging sie in die Kräuterkammer und packte verschiedene getrocknete Blüten, Blätter und Stängel ein, aus denen sich Heilsalben und Heiltees herstellen ließen. Dabei nahm sie vor allem von den Kräutern, die bei Verbrennungen und Prellungen Anwendung fanden. Sie hatte große Hoffnung, dass sie mit ihrem Heilwissen die Zwerge so weit beeindruckte, dass sie ihr das eine Jahr Zeit bei ihnen gaben.

Nachdem alles gepackt war, stand ihr noch das Schwierigste bevor. Sie musste Agnes-Maria sagen, dass sie für ein Jahr fortgehen würde. Kurz hatte sie überlegt, einfach ohne Abschied zu gehen. Von einem Teich im Wald aus hätte sie Timodäus rufen können, damit er die Königin von ihrem Entschluss in Kenntnis setzte. Doch das wäre feige gewesen. Und wenn Neveflora etwas nicht war, dann feige. Bislang hatte sie sich jeder Herausforderung gestellt. Da würde sie auch dieses Mal nicht kneifen.

In der Zwischenzeit war es schon Mittag. Das bedeutete, dass sie Agnes-Maria erst am Abend treffen konnte. Sie ging zu dem Spiegel beim Kleiderschrank und rief nach Timodäus. Sie bat ihn, der Königin zu sagen, dass sie im Anschluss an das Abendessen in der Bibliothek auf sie warten würde. Der Gelehrte zögerte. Anscheinend spürte er, dass Neveflora niedergeschlagen war. Natürlich fragte er die Prinzessin nicht direkt nach ihrem Kummer. Das gehörte sich schließlich nicht. Er war schon fast verschwunden, als es doch noch aus ihm herausplatzte: »Ihr wisst, dass Ihr jederzeit mit mir reden könnt, wenn Euch etwas bedrückt, Hoheit.«

»Ja, ich weiß Timodäus. Aber das, was mich im Moment belastet, muss ich mit Agnes-Maria bereden.« Der Gelehrte nickte verstehend, dann war er verschwunden.

Den Nachmittag verbrachte die Prinzessin einmal mehr mit Kampfübungen. Es konnte sicher nicht schaden, wenn die Zwerge sahen, dass sie mit einem Schwert umzugehen wusste.

Glücklicherweise erwähnte der König beim gemeinsamen Abendessen nichts von Nevefloras Plänen. Es war ihr wichtig, dass Agnes-Maria die Neuigkeiten direkt von ihr erfuhr. Die Prinzessin war nervös und stocherte mehr in ihrem Essen herum, als dass sie wie sonst nach dem Training kräftig zulangte.

Neveflora ahnte, dass ihr Vater ihr nicht viel zutraute. Mehr als ein Tagesritt konnte es in seinen Augen nicht werden. Er dachte wahrscheinlich, die Zwerge würden seine Tochter niemals als Lehrling akzeptieren. Wahrscheinlich sah er seine Tochter schon als Kronprinzessin eines anderen Landes. Doch er vergaß dabei sicher, wie stur seine Tochter sein konnte.

In der Bibliothek angekommen, lief Neveflora unruhig auf und ab. Wie sollte sie ihre Entscheidung der Geliebten beibringen? Zumal diese ja letztlich der Grund für ihren Weggang war. Aber konnte sie ihr das so einfach sagen? Sollte sie lieber einen anderen Vorwand erfinden? Noch während sie hin und her überlegte, was für Agnes-Maria besser zu verkraften wäre, stand diese plötzlich hinter ihr.

»Du wolltest mich sprechen?«

Nach einem kurzen Erschrecken warf sich die Prinzessin ihrer Stiefmutter an den Hals. Dabei umarmte sie sie so fest, dass dieser fast die Luft wegblieb.

»Du erdrückst mich«, beschwerte sich die Königin sanft. »Was ist denn los? Du warst schon während des Abendessens so ... abwesend.«

»Nun, es ist weil ...«, Neveflora sah sich sichernd um, doch die beiden Frauen waren alleine. Statt weiterzureden küsste sie Agnes-Maria ungestüm und voller Leidenschaft.

Der Kuss wurde freudig erwidert, doch nachdem sich ihre Lippen voneinander getrennt hatten, sah die Königin die Prinzessin ernst an.

»Ich liebe dich«, platzte Neveflora heraus. »Ich liebe dich so sehr, dass ich es nicht mehr ertrage, nicht mit dir zusammen zu sein. Du weißt schon, so richtig, mit Händchenhalten in der Öffentlichkeit und ... ja ich möchte auch das Bett mir dir teilen. Aber das geht nicht. Wärst du die Frau eines einfachen Adligen könnten wir vielleicht etwas wagen, aber du bist die Königin.«

»Es ist auch für mich sehr schwer, dich jeden Tag zu sehen, mich nach deiner Berührung zu sehnen und zu wissen, dass es meine Pflicht ist, deinem Vater eine gute Ehefrau zu sein. Hin und wieder ein heimlicher Kuss ist alles, was ich dir bieten kann. Auch ich würde gerne mehr von dir sehen, mehr von dir spüren. Aber ich weiß nicht, wie ich das mit meinen Pflichten vereinbaren soll.« Agnes-Maria brach ab und zuckte hilflos mit den Schultern.

Neveflora fühlte Tränen in ihre Augen steigen, dennoch wandte sie sich nicht ab. »Ich habe beschlossen, dass ich das Schloss für ein Jahr verlassen werde. Vielleicht tut uns beiden der Abstand gut. Wenn wir danach immer noch so starke Gefühle füreinander haben, müssen wir uns überlegen, was wir tun können.« Nun liefen ihr die Tränen über die Wangen.

Auch die Augen der Königin schimmerten feucht. »Ich ...«, begann sie, war aber nicht in der Lage den Satz zu Ende zu bringen.

Mit einem Schluchzen sagte Neveflora: »Ich vermisse dich schon jetzt. Aber so ist es für uns beide das Beste. Ich nehme meinen Handspiegel mit, dann kann ich dir über Timodäus immer mal wieder eine Nachricht zukommen lassen, kann dich wissen lassen, wie es mir geht. Mehr ertrage ich im Moment nicht.«

»Du wirst die Geburt deines Geschwisterchens verpassen. Ich hatte so sehr gehofft, dass du mir vor allem am Anfang mit dem Kleinen hilfreich zur Seite stehen würdest.« Agnes-Maria konnte ihre Enttäuschung nicht verbergen.

»Wenn ich nicht gehe, hat mich Vater bis zur Geburt eures Kindes vielleicht schon mit irgendeinem Prinzen oder König vermählt. Dann kann ich dir auch nicht helfen. Im Gegenteil. Dann wäre ich gänzlich weg vom Schloss und wir könnten uns nur noch höchst selten bei Staatsbesuchen sehen. Wenn ich aber jetzt für eine Weile gehe, kann er mich nicht verheiraten und ich kann nach einem Jahr wiederkommen. Was dann geschieht, weiß ich nicht. Aber so haben wir überhaupt eine Chance – zumindest die Chance uns wiederzusehen.« Mit einem weiteren Schluchzer wandte sich die Prinzessin nun doch ab.

»Daran habe ich gar nicht gedacht, dass dein Vater dich verheiraten könnte. Es fällt mir unendlich schwer, auch nur daran zu denken, dass ich dich nicht mehr täglich sehen kann. Aber vielleicht ist es für den Moment wirklich die beste Lösung.« Agnes-Marias Stimme hörte sich zweifelnd an. »Wann willst du gehen?«

»Ich werde das Schloss bereits morgen in der Frühe verlassen. Ich weiß nicht, ob ich noch den Mut aufbringe zu gehen, wenn ich es länger hinausschiebe«, antwortete Neveflora tonlos.

Sie fühlte, wie die Königin sie umarmte. Statt weiterer Worte drehte sie sich herum und erneut küssten sich die beiden Frauen verzweifelt und leidenschaftlich zugleich.

Ein Geräusch vom Eingang her ließ sie auseinanderspringen.

»Ich wünsche dir viel Glück und alles Gute auf deiner Reise«, sagte Agnes-Maria freundlich, aber dennoch so unbeteiligt wie möglich, um der Person an der Tür keinen Grund für Spekulationen zu geben.

»Es wird eine Lehrzeit, keine Reise, aber vielen Dank für die guten Wünsche«, erwiderte Neveflora im gleichen Tonfall. Damit begaben sich beide zum Ausgang. Dort stand Greta, die Augen argwöhnisch zusammengekniffen. Die Hoheiten grüßten freundlich, dann trennten sie sich, um zu ihren jeweiligen Gemächern zu gelangen.

Kapitel 8

Am nächsten Morgen war Neveflora früh wach. Sie schlüpfte in Hemd, Hose, Wams und Stiefel, dann ging sie in die Schlossküche, um dort zu frühstücken. Das hatte sie schon öfter gemacht, so dass sich niemand über ihr Auftauchen wunderte.

Frisch gestärkt holte sie ihre Satteltaschen und begab sich zum Stall, wo bereits zwei Gardisten auf sie warteten. Ihr Vater hatte darauf bestanden, dass sie nicht alleine zu Dwarf-Inc. ritt. Ob er um ihre Sicherheit besorgt war oder sichergehen wollte, dass sie auch wieder nach Hause kam, wenn sie nicht bei den Zwergen bleiben konnte, wusste Neveflora nicht. Sie hatte in die Begleitung eingewilligt, da sie so während der Reise jemanden zum Reden hatte. Immerhin lagen vier lange Reitstunden vor ihr. Mit beiden Soldaten hatte sie bereits Übungskämpfe absolviert und auch schon so manchen Becher Wein getrunken. Daher war die Scheu der Männer recht schnell überwunden, wodurch es für alle drei ein kurzweiliger Ritt wurde, angefüllt von Anekdoten aus den jeweiligen Leben. Neveflora ging davon aus, dass einige Geschichten kräftig ausgeschmückt worden waren und nur noch im Kern den tatsächlichen Begebenheiten entsprachen, aber das beeinträchtigte weder ihr Interesse noch ihre gute Laune.

Fast schon zu schnell erreichten sie die Gebäude von Dwarf-Inc. Soweit die Prinzessin wusste, bestand die Incorporation nur aus sieben Zwergen, daher staunte sie nicht schlecht, als sie insgesamt vier Häuser und einige kleinere Scheunen zählte. Bei genauerem Hinsehen schien jedoch nur eines der Gebäude als Wohnhaus zu dienen. Zwei der anderen Bauten waren wohl die Schmiede und einer für die Brennöfen zur Verhüttung des Erzes. Das vierte konnte sie nicht zuordnen, möglicherweise befand sich dort der Eingang zur Mine oder eventuell das Lager für das Roherz. Sie hoffte inständig, dass sie dies alles würde besichtigen dürfen.

Kaum waren sie auf den freien Platz zwischen den Gebäuden geritten, kam ein Zwerg aus der Schmiede gelaufen. In seinen kräftigen Händen hielt er eine Axt.

»Was habt ihr hier zu suchen?«, brüllte er. »Hier findet kein Verkauf statt. Wenn ihr was erwerben wollt, kommt zum Markt. Jetzt verschwindet, bevor ich ungemütlich werde!«

Neveflora zügelte ihr Pferd in sicherem Abstand zu dem wütenden Schmied, dann versuchte sie, so selbstsicher zu klingen, wie es ihr bei ihrer Aufregung möglich war. Sie wandte sich direkt an den Zwerg: »Ich bin Prinzessin Neveflora. Ich würde gerne bei Euch das

Schmiedehandwerk lernen. Oder zumindest so viel Wissen erwerben, dass ich in der Lage bin, eine gute Waffe zu erkennen. Ich wollte fragen, ob ich zu diesem Zwecke für ein Jahr hier wohnen und arbeiten kann.«

Der Schmied starrte sie verblüfft an, dann stieß er ein kehliges Geräusch aus. Erst nach einer Weile bemerkte die Prinzessin, dass dies wohl ein Lachen war. Es dauerte noch einen Moment, bevor der Zwerg antwortete: »Es ist mir egal, welchen Titel du führst. Du bist ein Mensch und Menschen sind hier nicht willkommen. Also verschwindet.«

»Gibt es denn gar keine Möglichkeit, dich umzustimmen?«, wollte Neveflora wissen, die nicht vorhatte, sich so einfach vertreiben zu lassen.

»Nein«, brummte der Schmied und wollte sich umdrehen, als hinter ihm eine weitere rauchige Zwergenstimme ertönte.

»Sei nicht so brummig, Ägidius. Ich finde es schon bemerkenswert, dass eine Frau, noch dazu eine vom Hochadel, tatsächlich hier wohnen und arbeiten will. Der Mut, überhaupt nachzufragen, sollte belohnt werden.« Ein weiterer Zwerg schob sich aus der Hütte.

»Pffff, Weiber müssen immer zusammenhalten, was Luitgart? Wie stellst du dir das vor, mit dieser Belohnung? Sollen wir sie hier übernachten lassen?« Der Schmied drehte sich zu dem anderen Zwerg um. Der Neuankömmling trug Hosen und einen Bart, wie auch Ägidius, dennoch war die Silhouette eindeutig weiblicher, was auch zu dem Namen Luitgart passte.

Neveflora erinnerte sich an die Geschichten, die man sich über die Zwerge erzählte, wonach deren Frauen vollkommen gleichberechtigt waren, ganz selbstverständlich typische Männerberufe ausübten und hierfür auch Männerkleidung anzogen. Dass alle Zwerge, gleich welchen Geschlechts, stolz einen dichten und langen Bart trugen war hinlänglich bekannt. Jetzt war sie noch erpichter darauf, einige Zeit bei Dwarf-Inc. bleiben zu dürfen, um mehr über die Gepflogenheiten dieses Volkes zu erfahren.

Derweil hatte Luitgart die Prinzessin aufmerksam gemustert. »Abgesehen davon, dass sie ein Mensch ist, würde sie gut zu uns passen«, meinte sie und setzte hinzu: »Ein Vorschlag alter Brummbär; Ich hole unsere Zwillinge Godewald und Guntram. Wir stellen die beiden vor, anschließend dreht sich das Mädchen um. Die Brüder wechseln ihre Position oder auch nicht, dann schaut sie sich die beiden an. Wenn sie es schafft, unsere Zwillinge auseinanderzuhalten, darf sie bleiben.«

Ägidius kratzte sich am Kopf. »Mmmmh«, brummelte er. »Die Entscheidung will ich nicht alleine treffen. Hol die anderen.« Dann wandte er sich den drei Reitern zu. »Und ihr drei steigt von euren Gäulen. Ich hasse es, wenn mich Leute so weit überragen. Im Stehen seid ihr zwar immer noch deutlich größer als ich, aber ich muss meinen Hals nicht mehr ganz so stark verrenken.«

Während die Zwergin in einem der Häuser verschwand, stiegen Neveflora und die beiden Soldaten von ihren Pferden. So unauffällig wie möglich musterte die Prinzessin den Schmied. Er ging ihr gerade so bis zum Bauch, war aber fast so breit wie hoch. Da er nur eine Hose und eine lederne Schürze trug, konnte sie seine beeindruckenden Muskeln gut sehen. So, wie er nach wie vor die Axt mit der Doppelschneide hielt, war sie sich sicher, dass er seine Kraft nicht nur für die Waffenherstellung benötigte, sondern diese auch bei einem Kampf gut einzusetzen wusste.

Der Zwerg musterte die unwillkommenen Gäste dagegen unverhohlen, aber ohne erkennbare Regung. So standen sie sich eine ganze Zeit gegenüber, bis schließlich sechs weitere Kleinwüchsige hinter dem Schmied auftauchten. Alle sieben waren mehr oder weniger gleich groß. Bis auf Luitgart und einen anderen Zwerg, waren alle so breit gebaut wie Ägidius. Nach menschlichen Maßstäben waren auch die Zwergin und der andere sehr muskulös, nur neben den restlichen Angehörigen von Dwarf-Inc. wirkten diese beiden schlanker.

»Meinen Namen kennst du schon, Luitgarts auch. Die anderen sind Balduin, Boso und Gisbert. Das da sind unsere Zwillinge, der links von dir ist Godewald der andere Guntram. Schau sie dir gut an, dann sehen wir ja, ob du diese erste Prüfung bestehst«, stellte der Schmied die Zwerge vor.

Während Neveflora versuchte, irgendein Merkmal zu finden, anhand dessen sie Godewald und Guntram unterscheiden konnte, fragte sie irritiert zurück: »Wieso erste Prüfung? Von einem weiteren Test war vorhin keine Rede.«

»Ich sagte, dass ich das nicht alleine entscheide. Diese Prüfung war die Idee von Luitgart. Wenn einer der anderen dir eine Aufgabe stellen will, bevor wir uns festlegen, dann ist das so.« Ägidius verschränkte die Arme vor der Brust, wodurch seine Muskeln noch deutlicher hervortraten. Das veranlasste die Prinzessin, sich jegliche Widerworte zu verkneifen. Stattdessen musterte sie die beiden Zwerge, die nicht nur identisch aussahen, sondern auch die exakt gleiche Kleidung trugen. Beide hatten eisblaue Augen und blonde Haare, die zu mehreren Zöpfen geflochten waren. Auch der helle Bart war geteilt und hing in zwei langen Flechten bis zum Gürtel. War der Bart des linken Zwerges etwas länger? Sie sah genauer hin. Nein, als er sich bewegte und die Schultern straffte, hingen die Bartzöpfe nicht weiter herunter als bei seinem Bruder. Die Kleidung von beiden war sauber, so dass auch diese keinen Anhaltspunkt bot. Irgendein Merkmal musste es doch geben. Leise Zweifel beschlichen sie, ob sie es wirklich schaffen konnte hier zu bleiben, wenn sie nicht einmal die erste Prüfung bestand. Sie bemerkte, wie Godewald ihr kaum merklich zuzwinkerte. Sollte das eine Aufmunterung sein? Es wäre zu schön, wenn sie neben Luitgart noch einen weiteren Fürsprecher hätte.

»So, genug gestarrt. Jetzt dreh dich rum, Mädel. Währenddessen werden die Zwillinge ein paar Mal ihre Plätze tauschen. Ihr Soldaten dreht euch auch um. Nicht dass ihr der Prinzessin einen Wink gebt,« forderte der Schmied mit einer Stimme, die keinen Widerspruch duldete.

Gehorsam drehten sich die drei Menschen um, so dass sie die Zwerge nicht mehr sahen. Neveflora versuchte zu lauschen, ob sie anhand der Geräusche ausmachen konnte, wie oft die Zwillinge ihre Plätze tauschten. Doch offensichtlich hatten Dwarf-Inc. damit gerechnet. Es hörte sich an, als würden alle Zwerge durcheinanderlaufen, so dass es unmöglich war zu sagen, wer mit wem wie oft den Platz getauscht hatte.

Nach einigen Augenblicken brummte Ägidius: »Jetzt könnt ihr euch wieder umdrehen.«

Die Menschen taten wie geheißen und staunten nicht wenig, als sie feststellten, dass die Zwerge scheinbar wieder genauso dastanden wie zuvor. Neveflora wiederholte in Gedanken die Namen der fünf Kleinwüchsigen, die sie zweifelsfrei erkannte. Aber welcher der Männer war jetzt Godewald und welcher Guntram? Sie war kurz davor aufzugeben, als ihr einer der Männer kurz zublinzelte. Vorher war es Godewald gewesen, der ihr zugezwinkert hatte. War es eine List, oder war er ihr wohlgesonnen? Da sie absolut keinen Unterschied feststellen konnte, beschloss sie, alles auf eine Karte zu setzen. Sie zeigte auf den Zwerg, der ihr zugeblinzelt hatte. »Das da ist Godewald.« Dann deutete sie auf den anderen Zwilling. »Dann ist das hier Guntram.«

Für einen Moment war es absolut still auf der Lichtung. »Korrekt«, brummte dann Ägidius, woraufhin Neveflora erleichtert ausatmete. Sie hatte gar nicht gemerkt, dass sie vor Anspannung die Luft angehalten hatte.

»Wir ziehen uns zurück und beraten, ob und welche weitere Aufgabe du zu lösen hast«, verkündete der Schmied, dann gingen alle Zwerge zum Wohnhaus und schlossen die Tür hinter sich.

»Woran habt Ihr erkannt, welcher der richtige Zwilling war?«, fragte Hubertus, einer der Soldaten erstaunt.

»Ich schätze, es war reines Glück«, erwiderte die Prinzessin, denn dass sie sich auf ein Zwinkern des Zwerges verlassen hatte, wollte sie nicht zugeben.

Es dauerte eine Weile, bis die Mitglieder von Dwarf-Inc. wieder aus dem Haus traten. Erneut war Ägidius ihr Wortführer.

»Also, dass das gleich klar ist. Wir brauchen niemanden, der unser Handwerk erlernt und wenn, dann sicher keinen schwachen Menschen. Zugegeben, es gibt einige Scharlatane, die so tun, als könnten sie Waffen schmieden. Doch beim ersten richtigen Kampf brechen deren Klingen. Da ist es gut, wenn jemand weiß, worauf man achten muss, um ein gutes Schwert zu erkennen. Deshalb sind wir bereit, dir dieses nötige

Wissen zu verschaffen, Prinzesschen. Allerdings haben wir nicht vor, dich hier einfach so durchzufüttern.« Er hob die Hand, als Neveflora etwas sagen wollte. »Nein, jetzt rede ich. Gold brauchen wir auch keines. Wir haben schon genug verdient, um uns die nächsten hundert Jahre zur Ruhe setzen zu können. Wir arbeiten nur weiter, weil es uns Freude macht und es unsere Berufung ist.«

Er drehte sich zu den anderen Zwergen um, die ihm durch ein Nicken zu verstehen gaben, dass er weiterreden sollte, was er dann auch tat.

»Was wir brauchen können, ist jemand, der für uns die Häuser ausfegt, kocht und auf die Jagd geht. Kannst du putzen, kochen und jagen, hübsche Schneeblume?«

Der Prinzessin blieb kurz der Mund offen stehen. Zum einen, über den ungewöhnlichen Namen, den man ihr gegeben hatte. Doch noch mehr machte es sie beinahe sprachlos, dass sie Dienstmagd und Jäger für die Zwerge sein sollte. Einem ersten Impuls folgend wollte sie entrüstet ablehnen. Dann besann sie sich aber. Wenn sie jetzt ablehnte, würde sie wieder nach Hause zurückkehren müssen. Dort würde sie erneut täglich ihrer Geliebten begegnen. Außerdem stand zu befürchten, dass ihr Vater seine Worte wahrmachen und einen Ehemann für sie suchen würde. Hier konnte sie wenigstens etwas lernen. Blieb nur ein Problem: »Ich denke, putzen und kochen bekomme ich hin. Leider hat mich mein Papa nie zur Jagd mitgenommen.«

»Dann wird das hier nichts«, beschied der Schmied sofort.

»Verzeihung«, ließ sich da Hubertus schüchtern vernehmen. »Mein Vater ist Jagdaufseher des Königs, Hoheit. Er nahm mich schon von Kindesbeinen an mit in den Wald und auch zur Jagd. Wenn Ihr wollt, bringe ich euch die Grundlagen bei. Mit Pfeil und Bogen könnt Ihr ja recht gut umgehen, daher bin ich zuversichtlich, dass Ihr das schnell lernen werdet.«

Neveflora strahlte den Soldaten an. »Danke für das Angebot, das nehme ich gerne an.« Dann wandte sie sich den Zwergen zu. »Gibt es eine Möglichkeit, dass Hubertus und ich hier übernachten, bis er mir so viel beigebracht hat, dass ich alleine jagen kann? Putzen und kochen werde ich in der Zeit natürlich auch übernehmen.«

Dwarf-Inc. kratzten sich unisono die Bärte. Nach kurzem Schweigen lächelte Balduin. »Von mir aus passt das. Bis jetzt muss ich das nämlich machen. Aber eigentlich will ich Luitgart beim Verhütten des Erzes helfen. Wenn niemand was dagegen hat, zeige ich dir heute Nachmittag, wo du was findest. Morgen kann dann der Soldat mit der Jagdausbildung beginnen.« An Hubertus gewandt fügte er hinzu: »Wir haben allerdings nur ein Gästezimmer. Du müsstest also in meinem Zimmer auf dem Boden schlafen. Felle und Decken haben wir genug, so dass du es trotzdem nicht ganz unbequem hast.«

»Mein Bett ist ausreichend groß für zwei, selbst wenn einer davon so riesig ist wie der Soldat«, merkte Luitgart, mit einem Glitzern in ihren grauen Augen, an.

Hubertus wurde ob dieses recht eindeutigen Angebots puterrot im Gesicht, sagte jedoch lieber nichts dazu.

Ergeben seufzte Ägidius. »Dann sollen unsere zwei Jüngsten ihr Schoßtier haben. Aber glaub ja nicht, dass wir dich schonen, nur weil du eine Prinzessin bist. Wenn du nicht richtig arbeitest oder uns kein Wild bringst, fliegst du hier schneller wieder raus, als du eingezogen bist, Schneeblume.«

Die Angesprochene lächelte nur, dann wandte sie sich ihrerseits dem zweiten Soldaten zu: »Sebastian, bitte reite zurück zum Schloss und richte meinem Vater aus, dass ich die Ausbildung bei Dwarf-Inc. antreten werde. Dass es nicht ganz so ist, wie ich mir das vorgestellt hatte, brauchst du ihm nicht zu sagen. Dem Hauptmann der Garde sagst du bitte, dass Hubertus auf meinen Befehl hin noch einige Tage hierbleibt. Vater ist sicher froh, wenn er noch eine Weile für meinen Schutz sorgt, auch wenn ich davon ausgehe, dass das hier unnötig ist.«

Der Soldat salutierte, nickte zum Abschied in die Runde und war sichtlich froh, als er wieder auf seinem Pferd saß und die Zwerge hinter sich lassen konnte.

Neveflora übergab die Behälter mit dem Wein. Ihre Vermutung war richtig gewesen. Damit holte sie sich noch mehr Sympathiepunkte, selbst bei den Zweiflern.

76

Am Abend, als sie alleine im Gästezimmer von Dwarf-Inc. war, holte Neveflora ihren Handspiegel hervor und rief Timodäus.

»Lieber Timodäus, bitte sagt Agnes-Maria, dass ich vorläufig bei den Zwergen bleiben kann. Sie braucht sich keine Sorgen zu machen. Es geht ihr doch hoffentlich gut.«

Der Gelehrte besah sich interessiert den Raum hinter der Prinzessin, bevor er antwortete: »Sie ist traurig, dass Ihr sie tatsächlich verlassen habt, aber abgesehen davon geht es ihr gut. Sie konzentriert sich darauf, dem Königreich Kralac ein gesundes Kind zu schenken. Ich gebe zu, dass ich neugierig bin. Wie habt Ihr die Zwerge überzeugen können? Ich dachte immer, die würden Menschen nicht mögen. Und gleich gar nicht in ihrer Nähe dulden?«

»Frauen halten eben über alle Völkergrenzen hinweg zusammen. Ich schätze, ohne die Fürsprache von Luitgart wäre ich wieder auf dem Rückweg zum Schloss. Wobei, Balduin und Godewald haben auch mitgeholfen. Ich kann das Alter der Zwerge sehr schlecht einschätzen, die leben ja viele Jahrhunderte, sehen aber für menschliche Augen mit vierzig nicht anders aus wie mit vierhundert. Wenn ich das Gesagte richtig interpretiere, sind Luitgart und Balduin deutlich jünger als Ägidius, der Anführer von Dwarf-Inc. So wie die Zwergin Hubertus angesehen hat, scheinen die jüngeren den Menschen nicht ganz so ablehnend gegenüber zu stehen wie die älteren

Zwerge.« Neveflora lächelte. So wirklich gesträubt hatte sich Hubertus nicht, als Luitgart darauf bestanden hatte, dass er bei ihr übernachten sollte.

»Ich werde es der Königin ausrichten«, unterbrach Timodäus ihren Gedankengang. »Ich bitte Euch Hoheit, haltet mich auf dem Laufenden, wie es Euch ergeht. Nicht nur wegen meiner eigenen Neugierde, sondern auch um Agnes-Marias willen, die sich wirklich Sorgen um Euch macht.«

»Das verspreche ich. Jetzt geht und bringt ihr die Nachricht. Ich werde zu Bett gehen. So wie es aussieht, muss ich morgen früh aufstehen. Gute Nacht.«

»Gute Nacht, Hoheit.«

Kapitel 9

Noch bevor die Dämmerung des nächsten Morgens eingesetzt hatte, wurde Neveflora tatsächlich durch lautes Klopfen an ihrer Tür geweckt.

»Hoheit? Bitte kleidet Euch für die Jagd an.«, hörte sie Hubertus' Stimme.

Normalerweise mochte die Prinzessin das frühe Aufstehen gar nicht. Aber an diesem Tag überwog die Vorfreude darauf, etwas Neues zu lernen. Sie hatte noch nie verstanden, wie man einfach nur so zum Spaß auf die Jagd gehen konnte, teilweise sogar das erlegte Wild liegenblieb, weil gar nicht so viel benötigt wurde. Ein Tier zu jagen, um es danach so vollständig wie möglich zu verwerten, sah sie jedoch als Notwendigkeit an. Geschwind wusch sie sich notdürftig, schlüpfte in Hosen, Wams und Stiefel und flocht sich die Haare, so dass sie bereits kurze Zeit später dem Soldaten gegenüberstand. Der hatte ebenfalls auf Kettenhemd und Rüstung verzichtet und trug stattdessen leichtere, jagdtauglichere Kleidung.

In der Küche bereitete Neveflora das Frühstück vor. Sie hatte vergessen zu fragen, was die Zwerge an Essen bevorzugten, weshalb sie Kräutertee kochte und aus der Vorratskammer Brot, Käse und Hartwurst holte. Die Hausbesitzer waren offensichtlich nicht so sehr die Frühaufsteher, jedenfalls hatte sich bislang keiner blicken lassen.

»Mit Pfeil und Bogen könnt Ihr gut umgehen. Jetzt müsst Ihr lernen, Euch so geräuschlos wie möglich durch den Wald zu bewegen«, begann Hubertus die erste Lektion beim Verlassen des Hauses. »Je leiser Ihr seid, desto weniger wird Euch das Wild bemerken. Dann kommt Ihr näher an die Tiere heran, so dass die Wahrscheinlichkeit einen guten Schuss zu landen, deutlich höher ist. Außerdem müsst Ihr die Windrichtung beachten, damit sie Euch nicht vorzeitig riechen. Diese Tageszeit ist ideal für die Jagd. Später, wenn es richtig hell ist, zieht sich das Wild meist in unzugängliches Unterholz zurück.«

Der Soldat gab Neveflora noch einige Tipps zum leisen Anpirschen, dann verlegte er sich darauf, nur noch Zeichen zu geben. Einige Zeit später stießen sie durch Zufall auf ein paar Fasane. Die Prinzessin landete einen Glückstreffer, ihr Begleiter erlegte zwei weitere Vögel, bevor die restlichen Tiere fliehen konnten.

Hubertus band die Fasane an den Füßen zusammen und legte sie in einen mitgebrachten Beutel. »Müssten wir nur uns selbst versorgen, würden die drei Vögel reichen. Ich bin mir allerdings ziemlich sicher, dass das für sieben hungrige Zwerge kaum mehr als eine

Vorspeise ist. Lasst uns nach weiterem Wild Ausschau halten.«

Neveflora nickte, dann marschierten die beiden tiefer in den Wald hinein. Die nächsten Schüsse auf ein paar Wildgänse gingen fehl. Das trübte die Laune der Prinzessin deutlich, vor allem, weil auch sonst kein weiteres Tier auffindbar war. Sie wollte dem Soldaten schon bedeuten, dass es wohl besser war umzudrehen, so dass sie wenigstens noch Brot backen konnte, als sie auf einige Hasen stießen. Dieses Mal war ihnen das Jagdglück erneut hold.

»Zwei riesige Feldhasen und die drei Fasanen sollten für heute reichen. Vielleicht haben wir morgen mehr Glück und stoßen auf größeres Wild«, beschied Hubertus. Sie machten sich auf den Rückweg zur Zwergensiedlung.

Dort angekommen fanden sie einen Zettel auf dem Tisch: Bitte ausfegen, Geschirr spülen und Brot backen. Gisbert bringt Gemüse vom Markt mit, das bitte zubereiten, bis wir vom Tagewerk zurückkommen.

Die Prinzessin wollte erst ob dieser Befehle auffahren, erinnerte sich dann aber daran, dass sie eingewilligt hatte, Dwarf-Inc. den Haushalt zu führen. Da gehörten diese Aufgaben nun mal dazu. Immerhin hatte die Anweisung mit bitte begonnen.

»Ich helfe Euch, Hoheit«, bot Hubertus an.

»Das ist nett von Euch, aber nicht notwendig«, erwiderte Neveflora.

»Doch. Ich nehme schließlich auch die Gastfreundschaft der Zwerge in Anspruch. Außerdem wüsste ich sonst ohnehin nichts mit mir anzufangen.« Der Soldat sah die Prinzessin bei diesen Worten so treuherzig an, dass sie lächeln musste. »Ich kann Euch ja neben der Hausarbeit her noch ein bisschen was über die Jagd erzählen, wenn Ihr mögt.«

»Also gut, dann gemeinsam mit integrierter Lehrstunde.«

Am Ende war sie erleichtert, dass Hubertus sich um das Ausweiden der Tiere kümmerte. Damit hatte er eindeutig mehr Erfahrung als sie.

Nach drei Stunden war sie froh, die Hilfe angenommen zu haben. Sie war Hausarbeit nicht gewohnt und stellte fest, dass dies genauso kräftezehrend war wie ihre Kampfübungen, wenn auch anders. Insgeheim zollte sie den Bediensteten des Schlosses Respekt, die ihre Aufgaben tagaus, tagein ohne Murren erledigten.

Am Nachmittag kam Gisbert vom Markt zurück. Er hatte gute Laune, da die Verkäufe erfreulich gewesen waren. Zusätzlich zum Obst, Gemüse und Mehl hatte er sogar kleine Küchlein mitgebracht.

Neveflora und Hubertus verräumten die Lebensmittel und begannen, ein Mahl aus dem erlegten Wild und dem Gemüse zuzubereiten. Kaum war es fertig und der Tisch gedeckt, trafen auch schon nach und nach die Mitglieder von Dwarf-Inc. ein.

»Also, wenn's so gut schmeckt, wie's riecht, war die Entscheidung die zwei Menschen hier vorübergehend wohnen zu lassen, doch nicht so schlecht«, ließ sich Ägidius' Stimme vernehmen, als dieser über die Schwelle trat. Die anderen grinsten dazu nur und ließen sich am Tisch nieder.

Während des Essens hörte man nur zufriedenes Kauen und hin und wieder ein Schmatzen.

Boso sah sich im Zimmer um. »Wenn du dich weiterhin so anstrengst, Schneeblume, dann kannst du von mir aus hierbleiben.«

Die anderen Zwerge stimmten ihm zu. Neveflora war glücklich, die Aufnahmeprüfung bestanden zu haben. Dennoch versäumte sie nicht, auf Hubertus' Mithilfe hinzuweisen. Auch aus Eigennutz, schließlich wollte sie noch einiges von ihm lernen und hatte seine Unterstützung sehr zu schätzen gelernt.

In den nächsten Tagen hieß es für die Prinzessin immer früh aufstehen. Auch wenn ihr und Hubertus nicht jeden Tag das Jagdglück hold war, so gewöhnte sie sich doch an ihre neue Routine und bekam sogar echte Freude an ihrer Arbeit.

Nach zwei Wochen durfte sie die Hausarbeit Hubertus und Balduin überlassen. Stattdessen nahm Boso sie mit zur Mine. Die Schächte waren so eng, dass Neveflora nicht darin hätte arbeiten können. Sie lauschte jedoch sehr aufmerksam den Ausführungen des ersten Minenarbeiters bezüglich der Erzadern und des Gesteinsabbaus.

Nachdem die Zwerge gemerkt hatten, dass die Prinzessin wirklich an ihrer Arbeit interessiert war, zeigten sie ihr nach und nach alle Stationen von der Mine zu den Brennöfen, bis zur Schmiede. Sie erklärten ihre Vorgehensweise und ließen sie einfache Tätigkeiten ausüben.

Dass Hubertus eigentlich nur ein paar Tage hätte bleiben sollen, um Neveflora die Grundlagen der Jagd zu erklären, war irgendwann in Vergessenheit geraten. Trotz des Größenunterschieds war nicht zu übersehen, dass der Soldat und Luitgart Gefallen aneinander gefunden hatten. Die Prinzessin wiederum war froh um die Hilfe bei der Jagd und beim Haushalt, so dass auch sie keine Veranlassung hatte, Hubertus wieder zu ihrem Vater zu schicken.

So vergingen die Tage wie im Fluge. Aus Tagen wurden Wochen, und aus Wochen Monate. Der Winter ging endgültig und der Frühling kam. Neveflora war so mit Lernen und der Haushaltsführung beschäftigt, dass sie tatsächlich vergaß, ständig an ihre große Liebe zu denken. Wenigstens dachte sie daran, jeden zweiten Tag Timodäus zu rufen und ihm von ihrem Tagwerk zu berichten. Dieser hielt sie auf dem Laufenden, was im Schloss vor sich ging. Das Leben dort schien weitaus weniger lehrreich und aufregend zu sein, als ihr eigenes.

Kapitel 10

Als der Mai gekommen war, wurden die Außentemperaturen für Ukur langsam erträglicher. Während dem Winter und dem zeitigen Frühjahr hatte er sich zumeist in seinem Schlafgemach aufgehalten, das über keine Fenster verfügte, dafür aber zwei Kamine hatte, die ständig befeuert wurden. Nur zu besonderen Anlässen hatte er sich, dick in Felle und Decken eingemummt, in den Thronsaal begeben. Durch sein Überwachungssystem konnte er die Staatsgeschäfte überwiegend seinen Untergebenen überlassen. Dadurch war ihm genügend Zeit geblieben, seinen Schlachtplan weiter auszuarbeiten, wie er Herrscher von ganz Kralac werden konnte.

In warme Kleidung und einen dicken Fellumhang gehüllt, übernahm er die Amtsgeschäfte wieder komplett selbst. Vor allem, weil er seine Armee vor Ort direkt befehligen wollte. Er hatte die Erfahrung gemacht, dass seine Soldaten besser kämpften, wenn er ihnen dabei zusah. Höchstpersönlich eingreifen würde er nur im Notfall. Schließlich war er der Herrscher, da musste er sich nicht die eigenen Hände schmutzig machen. Dem Gemetzel zuzusehen war ihm Befriedigung genug.

Jetzt blieb nur noch die Frage zu klären, ob er Kralac öffentlich den Krieg erklären oder ohne Vorwarnung angreifen sollte. Hätte Quasebarth sein Geschenk angenommen, hätte er auf jeden Fall eine offizielle Kriegserklärung verfasst. Einfach nur, um sich über die entsetzte Miene des gegnerischen Königs amüsieren zu können, die ihm die Vögel gezeigt hätten. Leider hatte sein Plan nicht funktioniert. Die logische Konsequenz wäre es also, einfach den Vormarsch zu befehlen. Das würde auch seinem dämonischen Naturell entsprechen. Es war vollkommen unnötig, einem Menschen seine Beweggründe zu erklären. Auf der anderen Seite wusste Ukur, wie gerne diese niederen Wesen die Schuld für alles möglich auf sich nahmen. Unabhängig davon, ob sie etwas am Geschehen hätten ändern können oder nicht. Daher würde er den König von Kralac schon gerne wissen lassen, dass das Verschmähen des Geschenks der Auslöser für den Krieg war. Dass er ohnehin bald angegriffen hätte, wusste außer ihm schließlich niemand. Auch wenn er nicht selbst dabei sein konnte, gefiel dem Dämon der Gedanke, wie sehr Quasebarth die Vorstellung quälen würde, durch seinen Hochmut den Krieg verschuldet zu haben.

Vielleicht ergab sich ja auf dem Schlachtfeld die Möglichkeit, einen Blick auf den schuldzerfressenen, verzweifelten Herrscher von Kralac zu werfen.

Gutgelaunt setzte sich Ukur an einen Schreibtisch und nahm Feder und Tinte zur Hand.

Noch-Herrscher von noch-Kralac,
Ich, der unterzeichnende künftige Herrscher von
noch-Kralac,
künftig mit Ukur-Land vereint,
erkläre hiermit allen Kralacern, die sich nicht
freiwillig unterwerfen,
den KRIEG.
Grund für den Krieg ist die Verschmähung meiner
Hochzeitsgeschenke
und die der mir damit zugefügten Demütigung und
Kränkung.
Jetzt ist es für eine Entschuldigung zu spät,
deine Untertanen werden für deine
Fehlentscheidung büßen.
UKUR,
künftiger König von Groß-Ukur-Land

Zufrieden lächelnd las der Dämon seine Zeilen nochmals durch. Ein Bote sollte noch am selben Tag losreiten, und die Kriegserklärung überbringen. Derweil würde er bereits seine Armee in Stellung bringen. Er fand es unnötig, die Zustellung des Briefes oder gar eine Erwiderung abzuwarten. Es war schon höflich genug, überhaupt offiziell den Krieg zu erklären.

Nachdem der Bote den Brief abgeholt hatte, wandte sich Ukur der Landkarte zu. Wie eine Narbe zog sich die Grenze zwischen Kralac und Ukur-Land vom Norden senkrecht nach unten in den Süden, wo sie einen Bogen machte und mit ihrer Linie am östlichen Nachbarland endete. Dass Kralac das Stück Land im Süden verteidigen konnte, ärgerte ihn noch heute, wenn er seine Landesgrenzen betrachtete. Doch damit war bald Schluss.

Er würde an der gemeinsamen Grenze ganz im Norden der beiden Länder damit anfangen, sich das westlich liegende Kralac einzuverleiben. Dort war es zurzeit zwar noch recht frisch von den Temperaturen her, aber das nahm er in Kauf. Bis zum nächsten Winter sollte er das gesamte Nachbarland besetzt haben, so dass er sich dem südlich gelegenen Siefenstätten zuwenden konnte. Dort war es im Winter zwar noch nicht so warm, wie es sich der Dämon wünschte, aber es war ein Anfang, auf dem Weg in den warmen Süden. Der Vorteil an seiner Unsterblichkeit war, dass er sich Zeit mit den Eroberungen lassen konnte. Ob der Krieg jetzt ein paar Jahre länger andauerte oder nicht, spielte für ihn keine so große Rolle. Er wollte den eroberten Ländern auch die Gelegenheit geben, sich an seine Herrschaft zu gewöhnen. Vor allem musste er allen klarmachen, dass Putschversuche, Revolutionen und ähnliches völlig aussichtslos waren. Es führte nur dazu, dass empfindliche Strafen die ganze Bevölkerung trafen. Aufgrund der natürlichen Beschränktheit der

Menschen dauerte es zumeist etwas länger, bis diese sich mit seiner Herrschaft abgefunden hatten und es keine Aufstände mehr gab. Aber wenn der Tag gekommen war, würde er seine Hände nach den nächsten Ländereien ausstrecken. So lange, bis die gesamte bekannte Welt unter dem Namen Ukur-Land unter seiner Herrschaft stehen würde.

Er lehnte sich zurück. Warum eigentlich nur die bekannte Welt? Wenn es soweit war, würde er Wissenschaftler und Soldaten in die unerforschten Winkel schicken, damit er auch diese erobern konnte. Höchst vergnügt stand er auf, um die Hauptmänner zusammenrufen zu lassen. Es war an der Zeit, den ersten Eroberungsschritt zu machen, auf dass seine Pläne wahr wurden.

Seine Hauptleute versuchten, sich nichts anmerken zu lassen. Aber sie waren alle bestürzt, als sie den Marsch- und Angriffsbefehl erhielten. Eine Notbesetzung würde an der restlichen Grenze zurückbleiben, sämtliche verfügbaren Soldaten hatten sich unverzüglich in den Norden zur dortigen Grenze mit Kralac zu begeben. Sobald der Großteil dort angekommen war, würde er sofort mit dem Einmarsch ins Nachbarland beginnen lassen. Alle überwältigten Bewohner sollten entwaffnet werden. Plündern war erlaubt. Brandschatzen und die Ernte zerstören war verboten. Schließlich wollte Ukur ein blühendes Land übernehmen, zumal seine Armee auch Nahrung und Unterkünfte benötigte. Dazu würde ein Teil der besiegten Männer seine Armee vergrößern. So viel wusste Ukur inzwischen über die Menschen, dass der Hass über sinnlose Zerstörung, seine Pläne durchaus erschweren konnte. Wurden die Dörfer einfach überrannt, blieben aber weitgehend intakt, war es vielen in der Landbevölkerung egal, wer ihr Herrscher war. Derart war das Volk leichter zu bezwingen.

Kapitel 11

Bei Dwarf-Inc. verlief das Leben derweil in seinem eingespielten Rhythmus. Neveflora und Hubertus gingen auf die Jagd, kümmerten sich um den Haushalt. Die Prinzessin wurde in die Geheimnisse des Erzabbaus, der Verhüttung des Gesteins und der Schmiedekunst eingeweiht. Noch durfte sie nur zusehen, sie hoffte jedoch, irgendwann auch selbst das Erz für die Brennöfen auswählen und das Eisen schmieden zu dürfen.

Wenn am Nachmittag Zeit war, übte Neveflora gemeinsam mit dem Soldaten den Schwertkampf. Zwischenzeitlich war klar, dass Hubertus mindestens so lange bei den Zwergen verweilen würde wie die Prinzessin. So verliebt, wie er mit Luitgart herumturtelte, ging Neveflora sogar davon aus, dass er am Ende des Jahres seinen Dienst quittierte und bei Dwarf-Inc. blieb.

Nach dem Abendessen nahm die Prinzessin ihren Handspiegel und einen Apfel. Damit ging sie in den Wald, um in Ruhe mit Timodäus sprechen zu können.

Zwar hätte sie das auch in ihrem Zimmer machen können, doch sie wollte dem Gelehrten ein wenig die einheimische Flora zeigen. Dieser war tatsächlich sehr erfreut über die Abwechslung. Als er ein Eichhörnchen sah, hatte Neveflora das Gefühl, dass er fast aus dem Spiegel herausgetreten wäre vor Begeisterung. Es war ihr klar, dass das nicht sein konnte, dennoch erschien er für einen Moment präsenter als sonst, irgendwie farbiger. Er versuchte, der Prinzessin zu erklären, wie die Wälder in seinem Geburtsland aussahen - grüner, wilder. Bei Neveflora wollte sich jedoch kein richtiges Bild dazu einstellen. Sie kannte nur die Mischwälder ihrer Heimat. Es gab ein paar wenige Haine, die waren im unteren Bereich recht licht, so dass man selbst innerhalb des Forsts ziemlich weit sehen konnte. In einem Großteil der Wälder war jedoch dichtes Unterholz gewachsen. Die Wege mussten ständig freigehalten werden, damit sie nicht zuwucherten. So hatte das Wild genügend Möglichkeiten sich zu verstecken. Dadurch blieb der Bestand der Tiere erhalten, trotz der Bejagung.

Als nächstes flatterte ein hübscher, bunt gemusterter Schmetterling durch das Sichtfeld des Gelehrten, was ihn erneut aufs höchste entzückte. Neveflora war so sehr darin vertieft, den Spiegel in verschiedene Richtungen zu drehen, dass sie alles um sich herum vergaß. Sie biss ein großes Stück vom Apfel ab, ein wundervolles, dunkelrotes Exemplar, als ein lautes Knacken im Unterholz sie zusammenzucken ließ. Vor

Schreck verschluckte sie sich an dem Bissen Obst, das sie gerade im Mund hatte. Sie fing an zu röcheln und bekam keine Luft mehr. Während sie rot anlief, hörte sie noch Timodäus aufgeregt rufen, dann entglitt ihr der Spiegel und sie wurde ohnmächtig.

Das Nächste, was sie mitbekam, war eine Art Rütteln, das einen Hustenreiz auslöste. Dadurch wurde ihr Körper so durchgeschüttelt, dass sie mit einem Röcheln, gleichzeitig aber auch erleichtert, den Apfelbissen ausspuckte. Aber warum hatte sie immer noch das Gefühl, dass ein Gewicht auf ihr lasten würde? Sie riss die Augen auf. Auf ihr lag ein fremder Mann, der seine Hände gefühlt überall hatte. Mit einem Aufschrei donnerte die Prinzessin dem Unhold ihre Faust ins Gesicht. Der Kerl sackte kurz in sich zusammen, blieb aber auf ihr liegen. Frustriert versuchte Neveflora sich unter ihm hervor zu winden, als er plötzlich von zwei starken Armen nach oben gerissen wurde.

Vor ihr stand Hubertus, den Fremden fest im Griff. Daneben standen Balduin und Luitgart mit grimmigen Mienen, jeder mit einer zweischneidigen Axt in der Hand. Der Unbekannte war wieder zu sich gekommen und starrte erschrocken auf die beiden Zwerge, wagte es aber nicht, sich zu rühren.

»Wer bist du und was ficht dich an, unsere Schneeblume auch nur zu berühren, geschweige denn, dich auf sie zu legen?«, wollte Luitgart mit herrischer

Stimme wissen. Der Ton war so scharf, dass sogar Neveflora kurz zusammenzuckte. Der Mann sah jetzt mehr entsetzt als erschrocken aus, machte jedoch keine Anstalten, irgendetwas zu sagen.

»Bist du stumm oder dumm?«, wollte Balduin wissen. »Wenn du stumm bist, dann nicke einmal. Wenn du einfach nur nicht reden willst – kein Problem. Wir Zwerge haben so unsere Methoden, dich zum Plappern zu bringen.«

Der Unbekannte öffnete und schloss ein paar Mal den Mund, ohne dass ein Laut über seine Lippen gekommen wäre. Gerade als die Prinzessin davon ausging, dass der Mann gar nicht reden konnte, sah dieser sie mit übergroßen Augen an, während er stammelte: »Du bist nicht tot?«

»Wenn du davon ausgegangen bist, dass ich tot bin, warum hast du dich dann an mir vergehen wollen?«, fragte sie überrascht.

»Wir dürfen uns nur die Frauen nehmen, die König Ukur ausgebraucht oder aussortiert hat, weil sie ihm nicht hübsch genug sind. Die haben dann ein entsprechendes Brandmal auf dem Handrücken. Ich habe gesehen, wie du erstickt bist. Wenn wir eine hübsche Frau wollen, müssen wir eben mit frisch Verstorbenen vorliebnehmen. Das ist gar nicht so schlimm, wie es sich anhört, immerhin wehren sich die nicht.« Den letzten Satz hatte der Mann mit trotzigem Unterton hinzugefügt. Neveflora sah ihn genauso entsetzt an wie ihre Mitstreiter. Für einen Moment waren alle still.

Schließlich ergriff Hubertus das Wort: »Du bist also ein Gefolgsmann von König Ukur. Was suchst du hier in Kralac?«, fragte er mit scharfer Stimme.

Der Unbekannte druckste herum. Inzwischen war ihm aufgegangen, dass sein Wunsch, sich mit seiner Erklärung zu verteidigen, ihn noch mehr in die Bredouille gebracht hatte. Was er hier machte, so weit weg von zu Hause, das würde er auf keinen Fall verraten.

»Antworte, wenn du was gefragt wirst«, herrschte ihn Luitgart an. »Du kannst natürlich auch schweigen. Aber glaub mir, wir Zwerge bekommen schon aus dir heraus, was wir wissen wollen.«

Da der Fremde weiter schwieg, stieß Balduin zuerst einen Seufzer aus, bevor er sprach. »In Ordnung, dann eben auf die harte Tour. Lasst ihn uns zur Schmiede bringen. Ägidius wollte schon lange Mal ausprobieren, für was man Amboss und Schmiedehammer so alles gebrauchen kann – außer zum Verformen von Metall.«

»Ich gehöre der Königlichen Wache an! Nur mein Herr, König Ukur, darf mich bestrafen. Genau das wird er tun, wenn ich irgendetwas sage. Tut was ihr wollt, ihr werdet mich nicht zum Reden bringen!« Der ängstliche Blick des Unbekannten strafte seine Worte Lüge. Die Zwerge gingen nicht darauf ein. Gemeinsam brachten sie den Gefangenen zu den Häusern von Dwarf-Inc. und dort direkt zur Schmiede.

Auf dem Weg dorthin besah sich Hubertus den Fremden nochmals genauer. Irgendwie kam ihm der Kerl bekannt vor. Er versuchte, ihn sich in der Uniform Ukur-Lands vorzustellen. Plötzlich fiel es ihm ein. »Du bist Hauptmann Maluk! Du hast mit zwei deiner Kumpane ein sogenanntes Hochzeitsgeschenk für unseren König gebracht.«

»Gebracht und wieder mitgenommen. Dein König hat das Geschenk ja nicht gewollt«, spie der Angesprochene aus. »Dafür hat er jetzt einen Krieg zu verantworten. Einen Krieg, den er nicht gewinnen kann, denn mein geliebter König ist viel mächtiger und auch seine Armee viel stärker!« Schnell biss er sich auf die Zunge, doch die Worte waren ihm bereits rausgerutscht.

»Was meinst du mit Krieg?«, wollte Neveflora wissen. Innerlich zitterte sie vor Angst, dass der feindliche Soldat sie als die Prinzessin erkannte.

»Aus mir bekommt ihr nichts heraus«, antwortete Maluk, wenngleich schon weniger selbstsicher als noch Augenblicke zuvor.

Dafür erntete er nur spöttische Blicke.

Wenig später waren sie an der Schmiede angelangt.

»Ägidius, wolltest du nicht schon immer mal sehen, was passiert, wenn man sich mit dem großen Hammer auf die Finger haut?«, fragte Luitgart in zuckersüßem Ton und dennoch lauter Stimme.

Der alte Zwerg kam mit griesgrämiger Miene aus seiner Werkstatt gelaufen. »Willst du mir damit was

Bestimmtes ...« Mitten im Satz brach er ab, als er den fremden Mann in Hubertus' festem Griff sah. »Wer ist das? Was will der hier?«, brummte er, statt seinen ersten Satz zu Ende zu bringen.

»Darf ich vorstellen: Maluk, Hauptmann der Königlichen Wache Ukur-Land«, antwortete die Zwergin. »Eigentlich will er uns ein paar Fragen beantworten, aber ohne Schmerzen fallen ihm die passenden Worte nicht ein.« Dann wandte sie sich mit einem aufgesetzt freundlichen Lächeln dem Ukur-Soldaten zu. »Ist doch so, oder?«

Ägidius verschränkte die Hände hinter seinem Rücken und lief einmal um den Gefangenen herum, wobei er diesen genau betrachtete. »Was kann der Lulatsch uns schon sagen, was wir nicht wissen«, brachte er schließlich verächtlich über die Lippen.

»Er hat was von einem Krieg gefaselt, den unser König provoziert hätte, weil er das Hochzeitsgeschenk von Ukur zurückgewiesen hat«, antwortete Neveflora. »Ich möchte wissen, was genau er damit gemeint hat. Außerdem war da was, dass die Soldaten Frauen nur freien dürfen, wenn sie von dem Dämon verbraucht oder aussortiert wurden. Da würde mich auch interessieren, wie ich mir das vorzustellen habe. Ich hoffe nicht so, wie es sich anhört. Und dann wüsste ich zu gern, was er hier zu suchen hat, so weit weg von seinem Dämon.«

Die anderen nickten zustimmend.

»Ah, ja. Na wenn das so ist, dann bringt ihn mal in meine gute Stube. Vielleicht finde ich ja das passende Werkzeug, um ihm die Zunge zu lockern. Ich muss bloß aufpassen, dass ich sie nicht zu stark beschädige. Es fällt vielen schwer, so ohne Zunge verständlich zu reden. Und ob der Hampelmann schreiben kann, wage ich zu bezweifeln,« beschied Ägidius, bevor er wieder in die Schmiede ging.

»Natürlich kann ich schreiben«, ereiferte sich Maluk.

Grinsend drehte sich der Schmied in der Tür um. »Ich glaube nicht, dass das noch so ohne weiteres funktioniert, wenn ich mit dir fertig bin und du wirklich so verstockt bist, wie die anderen sagen.«

Der Gefangene wurde noch blasser und versuchte sich gegen seine Bewacher zu stemmen, hatte jedoch keine Chance. Unsanft zerrten sie ihn ins Innere des Hauses.

Der Schmied betrachtete den Fremden eine Weile abschätzend. Schließlich nickte er. »Gut, haltet den Schurken fest. Wir binden erstmal sein linkes Handgelenk am Amboss fest. Ihr stellt ihm eure Fragen. Für jede fehlende oder falsche Antwort geht mein Schmiedehammer auf einem seiner Finger nieder. Wenn die Linke dann so platt ist, dass der Schmerz durch einen erneuten Schlag auch nicht mehr stärker wird, nehmen wir seine rechte Hand. Währenddessen denke ich darüber nach, ob ich mit den Unterarmen oder mit den Zehen weitermache. Wobei – wenn ich mir das so überlege – seine Augen braucht er ja nicht zum Antworten. Da kann ich mal ausprobieren, was so ein glühendes Stück Eisen mit seinen Augäpfeln macht. Vielleicht das zuerst ...«

Maluk stieß einen durchdringenden Schrei aus. »Ihr seid Dämonen, genau wie mein Herr. Ihr seid Dämonen, anders kann es nicht sein. Kein Mensch wäre so grausam. Das könnt ihr nicht tun!« Mit vor Entsetzen weit aufgerissenen Augen verstummte er.

Neveflora trat an ihn heran und sagte mit sanfter Stimme: »Du brauchst nur wahrheitsgemäß zu antworten, dann kannst du diesen Dämonen hier ein Schnippchen schlagen. Ich werde nicht zulassen, dass sie dich foltern, wenn du mir alles sagst, was du weißt.« Sie nickte ihm nochmals freundlich zu, dann verhärteten sich ihre hübschen Gesichtszüge und sie fuhr mit eiskalter Stimme fort: »Was ist das für ein Krieg, von dem du gesprochen hast? Was plant Ukur?«

»König Ukur«, verbesserte sie der Gefangene mit pipsiger Stimme.

»Er ist nicht mein König! Also, was hat der Dämon vor? Antworte, oder dein erster Finger ist Matsch«, grollte die Prinzessin.

»Dein König hat das großzügige Geschenk meines Herrn ausgeschlagen«, ließ sich Maluk leise vernehmen, bevor er wieder verstummte. In seinem Gesicht arbeitete es. Offensichtlich wog er seine Chancen ab, möglichst unversehrt aus der Geschichte herauszukommen. Ägidius hob drohend den Hammer. Das genügte wohl, denn der Gefangene entschied sich dazu, erst einmal die aktuelle Bedrohung seiner Gesundheit abzuwenden.

»Mein König hat schon lange Zeit vor, ganz Kralac zu vereinnahmen. Er hat nur auf eine passende Gelegenheit gewartet. Die hat ihm der König von Kralac nun gegeben.«

»Die Zurückweisung des Geschenks soll ein triftiger Grund sein, um meiner Heimat den Krieg zu erklären? Aber auch nur in dem größenwahnsinnigen Gehirn eines Dämons.« Die Prinzessin schüttelte den Kopf. »Aber warum jetzt? Mein König hat doch bereits letztes Jahr geheiratet!«

Maluk zog einen Schmollmund. »Du hast doch keine Ahnung von Kriegsführung, dummes Mädchen. Es braucht eine gute Planung und Zeit, um die Truppen an der Stelle zusammenzuziehen, an der man losschlagen will. Außerdem will mein König natürlich seine Armee selbst befehligen. Im Winter ist ihm das viel zu kalt. Er hasst die Kälte.«

Auch wenn sich Neveflora über die Bezeichnung - dummes Mädchen - ärgerte, beließ sie es dabei. Der Dummkopf schien tatsächlich nicht zu wissen, wer da vor ihm stand.

Dafür war die letzte Aussage durchaus interessant. Neveflora bemühte sich, weiterhin eine neutrale Miene beizubehalten. »Aha, und wo sammelt der Dämon sein Heer? Wie will er vorgehen?«

»Das kann ich nicht sagen.« Der Gefangene drehte seinen Kopf von der Prinzessin weg und sah somit genau in das grimmige Grinsen von Ägidius.

»Darf ich doch endlich mal draufhauen«, freute der sich und holte aus. Schwungvoll ließ er den Hammer auf den Amboss klirren, nur eine Haaresbreite von Maluks Zeigefinger entfernt.

Der Hauptmann schrie wie am Spieß, obwohl das Werkzeug seinen Finger nicht berührt hatte. »Im Norden. Wir greifen im Norden zuerst an.«

Der Schmied betrachtete mitleidig den Fleck auf Maluks Hose, der sich stetig vergrößerte. Er sagte jedoch nichts weiter dazu, wandte sich stattdessen an Neveflora.

»Gut, Schneeblümchen. Ich denke, das sind die wichtigsten Neuigkeiten zum Thema Krieg. Wir sollten das schnellstmöglich König Emmerich mitteilen. Den Kerl hier sperren wir ein. Sollte Quasebarth noch was wissen wollen, können wir das immer noch aus unserem Gefangenen herausquetschen. Die anderen Fragen stellen wir nachher, jetzt kümmern wir uns erst um die Überbringung der Nachrichten.«

»Naja, ich wüsste schon noch gern, was er hier zu suchen hat und ob noch mehr aus Ukur-Land hier unterwegs sind«, sagte die Prinzessin, wurde aber auf später vertröstet.

Kaum war der Hauptmann weggesperrt, wandte sich Luitgart an die Prinzessin. »Bevor ich das in dem ganzen kommenden Trubel vergesse zu fragen: Kennst du einen Kerl, der ... ich weiß nicht ... in einem Spiegel haust, oder so?«

Überrascht sah Neveflora die Zwergin an. »Du kennst Timodäus?«

»Jein«, kam zögerlich die Antwort. »Hubertus, Balduin und ich waren grad im Haus, als plötzlich in dem Spiegel, der im Esszimmer in der Ecke steht, ein Mann erschien. Er war ganz aufgelöst und schrie irgendwas, dass du sofort Hilfe bräuchtest. Außerdem sagte er uns, wo in etwa du zu finden seist. Zuerst haben wir uns nur angeschaut und jeder von uns hat sich gefragt, ob er grad halluziniert oder so. Der Kerl wurde immer aufgeregter. Da wir alle drei ihn gesehen haben, sind wir ohne noch weiter nachzudenken rausgelaufen. Da haben wir dann diesen Kerl auf dir liegen sehen. Alles andere weißt du ja.«

Aufgeregt suchte Neveflora in der Tasche ihres Rocks nach dem Handspiegel. Zum Glück hatte sie ihn instinktiv eingesteckt, als sie Maluk zur Schmiede gebracht hatten. Sie nahm ihn zur Hand und rief nach dem Gelehrten. Nur einen Wimpernschlag später erschien er in der polierten Fläche.

»Prinzessin!«, pure Erleichterung sprach aus diesem einen Wort. »Ihr seid wieder wohlauf. Was für ein Glück.«

Luitgart trat neben die junge Frau, um ebenfalls einen Blick in den Spiegel werfen zu können.

»Ah, da ist ja auch die tapfere Zwergenfrau, die meinen Hilferuf vernommen hatte. Habt Dank gute

Frau, dass Ihr, ohne Zögern und lange Frage zu stellen, der Prinzessin geholfen habt.« Der Mann im Spiegel deutete eine Verbeugung an.

Neveflora lächelte, dann sagte sie förmlich: »Timodäus, darf ich vorstellen, Luitgart. Luitgart, darf ich vorstellen, Timodäus.«

Neugierig beugte sich die Zwergin näher zum Spiegel vor, dann besah sie sich die Rückseite. »Wie kommt der Kerl da rein? Warum war er vorhin in dem anderen Spiegel? Was macht er da?«

»Er ist ein Gelehrter. Durch eines seiner Experimente gelangte er in eine Art Zwischenwelt. Dort ist er jetzt gefangen und kann nur über spiegelnde Flächen mit unserer Welt kommunizieren. Prinzipiell kann er überall hingehen und aus jedem Spiegel oder auch Teich heraus unsere Welt sehen. Nur betreten kann er sie nicht«, erklärte die Prinzessin, dann hielt sie inne und wandte sich direkt an den Mann.

»Timodäus, wie schnell könnt Ihr von hier zu Agnes-Maria gelangen?«

»Ich kann binnen weniger Herzschläge bei der Königin sein.«

»Wundervoll«, freute sich Neveflora. »Timodäus, wir haben soeben erfahren, dass Ukur seine Truppen im Norden zusammenzieht. Er will von dort aus seinen Eroberungsfeldzug gegen unser Land starten. Bitte überbringt die Nachricht so schnell es geht an Agnes-Maria, damit diese es meinem Vater sagen kann. So wie ich es verstanden habe, kann es nicht mehr lange dauern, bis der Dämon angreift. Papa muss unbedingt eine Warnung erhalten.«

Ernst nickte der Gelehrte. »Ich werde die Nachricht sofort überbringen.«

Dann war er auch schon verschwunden.

Kapitel 12

Zufrieden sah König Ukur von seinem Platz auf einem Hügel aus auf sein Heer. Der Hügel nahe der Grenze zu Kralac ermöglichte ihm eine wunderbare Aussicht über seine Streitmacht. Noch war das Heer nicht vollzählig eingetroffen, dennoch war es bereits recht prachtvoll anzusehen.

Sein Blick wanderte über die Grenze. Dort war alles ruhig. König Quasebarth II. hatte einen breiten Streifen Land unbewirtschaftet gelassen. Wahrscheinlich wollte er verhindern, dass sich einer seiner Untertanen aus Versehen nach Ukur-Land begab. In der Ferne war die Mauer zu sehen, die Quasebarth II. als Grenzwall hatte errichten lassen. Der Großvater des jetzigen Königs Emmerich Quasebarth IV. war ein weiser Mann gewesen, das musste Ukur zugeben. Allerdings nicht schlau genug. Dass er all die Jahrzehnte nicht angegriffen hatte, hatte die Menschen im Feindesland unvorsichtig werden lassen. Sie dachten wohl, dass der Wall ihn, König Ukur, davon abhalten würde, sich Kralac einzuverleiben.

Tja, falsch gedacht. Es hatte eben seine Vorteile, unsterblich zu sein. Man konnte es sich leisten, einfach mal ein paar Jahrzehnte abzuwarten, die Sterblichen in Sicherheit zu wiegen, um dann zuzuschlagen, wenn keiner mehr damit rechnete. Und dieser Zeitpunkt war jetzt gekommen. Er dachte an seine Kriegserklärung. Ob diese wohl Emmerich schon erreicht hatte? Wahrscheinlich. Sein Widersacher rechnete sicher nicht damit, dass er bereits aufmarschierte. Vermutlich musste der König erst seine Minister informieren. Diese mussten Kriegsrat halten und so weiter und so fort. Menschen waren so umständlich. Zum Glück konnte er sich diesen ganzen Unsinn sparen. Wozu hätte er auch Minister benötigt. Er, Ukur, war der Herrscher und alles, was in Ukur-Land kreuchte und fleuchte, war ihm untertan und hatte zu gehorchen. Das Leben konnte wirklich schön sein, wenn man es sich einzurichten vermochte.

Er sah noch einen Moment seinen Soldaten zu, wie sie das Kriegslager errichteten, dann wandte er sich um und ging in sein Zelt, das mit einigen Kohlebecken gut beheizt war.

Dort angekommen besah er sich eine Landkarte, die neben der aktuellen Karte auf einem Tisch lag. Die stammte noch aus den Zeiten bevor er sich seinen Teil von Kralac genommen und in Ukur-Land umbenannt hatte. Hier fehlte die narbenartige Linie, die das große Land teilte. Warum hatte er sich eigentlich die ganze Zeit mit so einem kleinen Teil des Landes zufriedengegeben? Er verstand sich selbst nicht. Aber damit war nun Schluss. Sein großer Feldzug begann jetzt und würde erst enden, wenn er Herrscher über die ganze bekannte Welt war. Dann würde er sich ein paar Jahrzehnte Pause gönnen, um mit frischen Kräften auch die unbekannte Welt zu erobern.

Gut gelaunt ging er nochmals zum Zelteingang. Dort wartete ein Bote, um seine Befehle an die Hauptmänner zu übermitteln. Zumindest an die, die bereits da waren. Die anderen waren noch mit ihren Soldaten von den entlegeneren Gegenden hierher unterwegs. Ein paar Soldaten hatte er zum Spionieren nach Kralac geschickt. Das hätte er viel früher tun sollen. Jetzt hatte er keine Lust mehr, auf die Ergebnisse seiner Spione oder gar die restlichen Truppenteile zu warten.

»Bring folgende Nachricht an alle Hauptmänner«, beauftragte er daher den Boten. »Im Morgengrauen wird die Mauer gegenüber diesem Hügel gestürmt. Ich erwarte das entsprechende Hornsignal mit den ersten Sonnenstrahlen.«

Der Mann salutierte, dann stob er in Richtung des Heerlagers davon, so schnell ihn seine Beine trugen. Wenige Augenblicke später stand ein weiterer Bote bereit, die nächste Nachricht weiterzutragen.

Ukur nickte zufrieden, begab sich erneut in sein warmes Zelt, um nochmals die Karte zu betrachten. Kralac, dachte er, bald bist du wieder vereint, allerdings unter dem Namen Ukur-Land. Mit diesem angenehmen Gedanken ging er zu Bett, um am nächsten Tag ausgeruht zu sein. Schließlich musste er eine Schlacht anführen.

Kapitel 13

»Können wir diesem Timodäus trauen, oder sollen wir doch lieber noch jemanden zum König schicken?«, erkundigte sich Balduin, nachdem der Gelehrte verschwunden war.

»Wir können ihm trauen, da bin ich mir sicher«, antwortete Neveflora. »Er ist der Königin treu ergeben. Diese wäre in Gefahr, wenn der Dämon Kralac einnimmt. Das würde Timodäus niemals zulassen. Außerdem war er es, der dich, Luitgart und Hubertus gerufen hat, als ich dringend Hilfe benötigte. Normalerweise hält er sich verborgen, damit ihn außer Agnes-Maria und mir niemand sieht. Aber in dem Notfall hat er eine Ausnahme gemacht. Ich gehe davon aus, dass er die Königin unterrichtet und die dann meinem Papa Bescheid sagt. Sollte es nicht anders möglich sein, wird er die Botschaft auch direkt dem König überbringen.«

In diesem Augenblick erschien Timodäus erneut im Spiegel. »Eure Hoheit, Euer Vater möchte einen Beweis, dass die Nachricht echt ist. Wie kann ich ihn überzeugen?«

Die Prinzessin überlegte einen Moment. Es musste etwas sein, das eigentlich nur sie und ihr Vater wissen konnten, vielleicht noch ein paar wenige Vertraute, aber ganz sicher kein Außenstehender. »Richtet ihm aus, dass meine Mutter immer sagte, meine Haut sei so weiß wie frisch gefallener Schnee, meine Haare so schwarz wie Ebenholz und meine Lippen so rot wie Blut. Diese Beschreibung hat sie nur mir und Vater gegenüber verwendet. Sagt ihm das, dann weiß er, dass Ihr wirklich mit mir gesprochen habt.«

»Deine Mutter war wohl sehr poetisch veranlagt«, stellte Luitgart schmunzelnd fest, nachdem Spiegel wieder leer war. »Aber sie hatte recht, das beschreibt dich wirklich gut.«

»Sie schrieb Gedichte und stickte wundervolle Bilder. Ich vermisse sie so sehr«, erwiderte Neveflora mit zittriger Stimme.

Wortlos nahm die Zwergin sie in die Arme. Es blieb jedoch keine Zeit, um darüber hinaus Trost zu spenden, da der Gelehrte erneut im Spiegel erschien.

»Jetzt hat mir Euer Vater geglaubt. Er wird eine größere Anzahl Krieger in den Norden des Reichs schicken und eine Reiterstaffel aus Boten dorthin aufbauen. Sollte es tatsächlich Anzeichen für ein feindliches Heer geben, ist die Staffel in der Lage, ihm dies zügig mitteilen. Dann kann er rasch weitere Truppen in das Grenzgebiet verlegen. Nachdem er die Kriegserklärung des Dämons erhalten hat, hat er bereits Hilfegesuche an die umliegenden Königreiche gesandt. Es sind so viele Männer zu den Waffen gerufen, wie möglich. Er entsendet Euch seine Grüße und bittet Euch, hier bei den Zwergen in Sicherheit zu bleiben.«

Neveflora schnaubte. Das war typisch für ihren Vater. Er wusste genau, dass sie mindestens so hart trainierte, wie die Soldaten. Dennoch wollte er sie lieber verstecken, als sie mit den Truppen an die Front zu schicken. Dann schüttelte sie über sich selbst den Kopf. Wollte sie denn wirklich mit der Armee marschieren, in einem Zelt schlafen und den ganzen Tag das Schwert schwingen – nicht in Übungskämpfen, sondern in einem blutigen Krieg? Sie beantwortete sich die Frage selbst mit einem Nein. Sollte jemand sie direkt oder ihre Lieben angreifen, würde sie nicht zögern, sich zu verteidigen. Aber einen anderen Menschen attackieren, der einfach nur auf der falschen Seite der Grenze geboren worden war? Das wollte sie vermeiden. Sie fragte sich, ob die Männer in Ukur-Land überhaupt eine Wahl hatten, wenn ihr König zu den Waffen rief. Sie beschloss, dem Gefangenen einen Besuch abzustatten.

Ägidius begleitete die Prinzessin, nicht als Schutz, sondern als Drohung, um Maluk zum Sprechen zu bewegen. Dieser war aber offensichtlich so stolz auf das ukurische Schulsystem, dass er freiwillig anfing zu plaudern, nachdem er gefragt worden war, wie viele Soldaten Ukur zur Verfügung hatte.

»Alle Jungs sind ab dem fünften Lebensjahr schulpflichtig. In der Schule lernen sie dann lesen, schreiben, rechnen und das Kämpfen. Ursprünglich sollte das Lesen, Schreiben und Rechnen nur ein paar wenigen Begabten vorbehalten bleiben. Aber das hatte zur Folge, dass die einfachen Soldaten die Befehle nicht entziffern konnten. Es gab Probleme beim Nachschub an Waffen, Munition und so weiter. Deshalb wurde die allgemeine Schulpflicht erweitert. Alle Jungen werden fünf Jahre lang unterrichtet. Danach wird durch verschiedene Tests entschieden, wer welchen Beruf erlernt. Dieses wie der Vater so der Sohn gibt es bei uns nicht. Jeder wird seinen Fähigkeiten entsprechend eingesetzt. Es gibt ja auch keine Oberschicht oder so etwas. König Ukur ist unser Monarch, Herr und Meister. Alle anderen sind seine Diener und haben zu gehorchen. Ich selbst hatte das unbeschreibliche Glück, als tauglich für das Soldatenleben auserwählt zu werden und konnte mich bis zum Rang eines Hauptmannes hocharbeiten.« Stolz hob Maluk seinen Kopf.

»Also lernen alle mit der Waffe umzugehen. Und über wie viele Soldaten verfügt dein König jetzt?«, fragte Neveflora etwas ungeduldig nach. Sie hoffte, dass der Soldat nicht merkte, dass es das war, was sie wissen wollte.

»Hast du nicht zugehört, kleines Mädchen?«, erkundigte sich der Gefangene mit einem beleidigten Unterton in der Stimme. »Jeder Mann in Ukur-Land wird an der Waffe ausgebildet, also kann auch jeder zur Armee einberufen werden. Alles was über fünfzig ist, wird während des Kriegs auf den Feldern und für die Beschaffung von Nachschub für die Truppen eingesetzt. Aber alle Männer und Knaben zwischen zehn und neunundvierzig werden eingezogen. So kommt mein Herr auf rund zehntausend Soldaten! Jetzt staunst du, was? Du kannst dir also ausrechnen, dass ihr in Kralac nicht den Hauch einer Chance habt. Mein König wird schon sehr bald über dieses ganze Land herrschen – da bin ich sicher.«

Zufrieden grinste Maluk vor sich hin. »Wenn ich ein gutes Wort für dich und die Zwerge bei meinem Herrn einlegen soll, müsst ihr mich jetzt mit Proviant versorgen und meiner Wege ziehen lassen«, fügte er überheblich hinzu.

»Sonst noch was?«, fragte die Prinzessin entrüstet. Sie und der Schmied sahen sich entsetzt an, dann hasteten sie nach draußen. Kaum waren sie außer Hörweite des Hauptmanns, zog Neveflora ihren Handspiegel aus der Tasche und rief nach dem Gelehrten. Dessen erstaunte Nachfrage, »Was ist denn ...« unterbrach sie rüde.

»Timodäus, wir haben gerade erfahren, dass Ukur über rund zehntausend Soldaten verfügt. Zum Teil noch Knaben, aber dennoch. Bitte bringt diese Botschaft sofort zu meinem Vater. Ich weiß nicht, wo er auf die Schnelle eine adäquate Anzahl Krieger herbekommen soll. Vielleicht gleicht die große Mauer zumindest einen Teil der gegnerischen Übermacht wieder aus. Ich hoffe es jedenfalls. Möglicherweise weiß mein Vater oder jemand aus seinem Gefolge eine passende Taktik, wenn sie ungefähr wissen, mit welcher Anzahl an Gegnern sie rechnen müssen.«

Der Mann im Spiegel wurde noch etwas blasser, als er ohnehin schon war, verschwand jedoch sogleich mit einem Nicken.

»Ich geh mal in meine Schmiede, die Soldaten werden Waffen brauchen. So kann ich wenigstens einen kleinen Beitrag leisten«, sagte Ägidius, bevor er sich umwandte und in Richtung der Werkstatt verschwand.

»Dafür braucht er Eisen, ich schau mal, dass ich einen zusätzlichen Brennofen anheize«, sprach Luitgart mit einem Seufzen. Die Zwergin war hinzugekommen, als Neveflora mit Timodäus gesprochen hatte.

Die Prinzessin nickte, dann fragte sie: »Kannst du Balduin noch eine Weile entbehren? Der Gefangene hat nur von den Männern gesprochen. Nachdem er vorhin so komisch dahergeredet hat, was Frauen angeht, möchte ich da nochmals genauer nachhaken. Mir wäre es lieb, wenn noch jemand anderes dabei wäre, damit der Kerl nicht auf dumme Gedanken kommt.«

»Wäre es auch in Ordnung, wenn Hubertus dich begleitet? Er kann mir bei den Brennöfen noch nicht so gut zur Hand gehen wie Balduin«, erkundigte sich die Zwergin.

»Natürlich«" erwiderte Neveflora sofort.

»Na, Mädchen, sind dir die Zwerge ausgegangen?«, begrüßte der Gefangene Neveflora, als diese gemeinsam mit Hubertus den Lagerraum betrat, der als Gefängniszelle diente. Die beiden Kralacer warfen dem Ukurer einen halb mitleidigen, halb verächtlichen Blick zu, gingen jedoch nicht auf seine Worte ein.

»Du hast mir vorhin gesagt, dass alle Jungs ab ihrem fünften Lebensjahr schulpflichtig sind. Was ist mit den Mädchen? Was lernen die in der Schule?«, wollte die Prinzessin wissen.

Maluk sah sie völlig entgeistert an. »Mädchen gehen doch nicht zur Schule!« Er schüttelte den Kopf. »Wozu auch? Die älteren Frauen und die Dorfschussel bringen den Gören das Kochen, Backen, Wäsche waschen und die Feldarbeit bei. Diejenigen, die dafür begabt sind, lernen die Grundlagen der Heilkunst. Mehr müssen die nicht können.«

»Dorfschussel? Den Begriff kennen wir hier nicht. Was verstehst du da drunter?«, hakte Hubertus erstaunt nach.

»Das sind die Schussel, die es fertigbringen so blöd über die eigenen Füße zu stolpern, dass sie sich Verbrennungen oder sonstige Verletzungen zufügen, so dass starke Narben zurückbleiben. Da hat unser König angeordnet, dass die Röcke der Frauen nur noch bis zu den Waden gehen dürfen. Die dummen Weiber sind ständig über den Rocksaum gestolpert. Und doch ist ein Großteil der Mädchen selbst dann noch so schusselig, dass sie über die eigenen Füße statt über ihre Röcke stolpern.« Der Hauptmann schüttelte angewidert den Kopf.

»Warum unterrichten dann ausgerechnet die schusseligen Frauen die Mädchen? Sind die auch zu trottelig für die Feldarbeit?«, erkundigte sich Neveflora. »Bei uns ist das Weitergeben der Koch- und Stickkünste Sache der Mütter.«

»Die Dorfschusseln sind ja zumeist die Mütter«, erwiderte Maluk.

Verwirrt sahen sich die Prinzessin und Hubertus an. »Aber die anderen Frauen bekommen doch auch Kinder? Unterrichten die ihre Töchter nicht selbst?«, wollte der Jäger wissen.

»Ihr wisst ja gar nichts über Ukur-Land«, beschwerte sich der Gefangene. »Also, dann eben etwas Geschichtsunterricht. Vor vielen Generationen eroberte unser geliebter Herr einen Teil von Kralac. Ein dummes Hexenweib fand das nicht gut und verfluchte ihn. Aufgrund dieser teuflischen Magie kann unser Herrscher nur mit der Tochter von König Quasebarth, die mit einem zwergischen Liebestrank zu ihm kommt, das lange ersehnte Geschlecht der Ukur gründen.

Nachdem aber der damalige Quasebarth keine Tochter hatte, hat unser König sein Glück dennoch mit anderen Frauen versucht. Jedes Frühjahr bereisen seine Beauftragten das ganze Land. Alle Mädchen, die in diesem Jahr zwölf wurden, werden eingesammelt und in den Harem gebracht. Alle, außer den Dorfschusseln. So eine entstellte Frau will niemand unserem Herrn zumuten. Die Frauen kommen wieder in die Dörfer zurück, wenn sie zu alt sind, um noch Kinder zu bekommen. Damit wir Ukurer nicht aussterben, sortiert unser König immer mal wieder ein paar Weiber aus und überlässt sie seinen Getreuen. Die einfachen Männer müssen allerdings mit den Dorfschusseln vorliebnehmen, oder mit den älteren Frauen.«

»Und das lassen die Frauen mit sich machen?«, fassungslos starrte Neveflora den Hauptmann an.

»Was bleibt ihnen sonst übrig? Ist ja nicht so, als hätten sie es nicht versucht. Vor einigen Jahrzehnten hatten die Weibsbilder angefangen, sich bewusst zu verstümmeln. Natürlich nicht so, dass sie nicht mehr arbeiten konnten. Sondern so, dass sie unansehnlich wurden. Aber das hat unser Monarch dann ganz schnell, bei Androhung der Todesstrafe, verboten. Seither getraut sich das niemand mehr. Außerdem, welche größere Ehre könnte einer Frau zuteil werden, als die Mutter von König Ukurs Nachkömmling zu sein? Unser geliebter Herrscher muss das bei jeder individuell ausprobieren. Schließlich gibt es keine Merkmale, woran man erkennen könnte, ob es mit dem Nachwuchs klappen kann, oder nicht. Es gibt Tage, da muss unser tapferer König bis zu zwanzig Weiber begatten. Stellt euch das vor. ZWANZIG! Und dann muss er trotzdem noch sein Land regieren. Aber er ist so stark, dass er diese große Aufgabe bewältigen kann.

Hoffentlich übernimmt er sich nicht, wenn er auch noch die Frauen von Kralac befriedigen muss.« Plötzlich fingen Maluks Augen an zu leuchten. »Aber jetzt gewinnt er den Krieg! So bekommt er die Prinzessin auch ohne irgendwelchen zwergischen Firlefanz als Kriegsbeute. Dann klappt es endlich mit den Nachkommen.«

Die Prinzessin musste an sich halten, um den Gefangenen nicht zu würgen. Er konnte ja nichts für das Verhalten seines Königs, aber dass er dieses auch noch befürwortete, ging weit über ihr Verständnis. Sie beruhigte sich damit, dass der Hauptmann so erzogen worden war und es nicht besser wusste. Dennoch verließ sie fast fluchtartig den Raum, um sich selbst daran zu hindern, diesem überheblichen Kerl ein wenig Respekt vor einer Frauenfaust einzubläuen.

Kapitel 14

Während des Abendessens schüttete sie den Zwergen ihr Herz aus. Sie erzählte, was sie von Maluk erfahren hatte.

»Das ist so schrecklich. Die armen Frauen. Sie können ja nirgends hin.« Sie stockte, wusste nicht, was sie sagen sollte. Schließlich stellte sie mit düsterer Miene fest: »Ich halte nichts davon, so einem Monster wie Ukur mit Liebe zu begegnen. Aber, wenn ich dadurch den Krieg beenden und die ganzen ukurischen Frauen von ihrem schlimmen Schicksal befreien kann, dann werde ich es mit dem zwergischen Liebeszauber versuchen. Wisst ihr, wo ich so etwas bekommen kann? Und gleich noch ein weiteres Zaubermittel dazu, dass ich diesem Dämon ganz sicher keine Kinder gebären werde.«

»Liebeszauber von Zwergen?« Luitgart zog erstaunt die Augenbrauen hoch. »Wozu sollten wir so etwas benötigen? Unsere Leidenschaft sind Steine, Metalle und Waffen. Dafür brauchen wir keinen Liebestrank. Sollte es den einen oder anderen Zwerg geben, der aus der Art schlägt und lieber mit Ton arbeitet, so darf er das. Da wird er nicht umerzogen, schon gar nicht mit irgendeinem Zauber.« Sie schnaubte verächtlich.

»Warum solltest du auch mit einem Liebeszauber zu Ukur gehen?«, erkundigte sich Gisbert. »Ich meine, klar würdest du dich diesem Monster nicht freiwillig hingeben, aber wieso ausgerechnet ein zwergischer Liebestrank – den es meines Wissens auch gar nicht gibt?«

»Na, wegen der Prophezeiung«, erwiderte die Prinzessin. »Von der müsst ihr doch auch schon gehört haben. Irgendwas, dass eine Hexe den Dämon verflucht hat und er erst erlöst wird, wenn eine Tochter von König Quasebarth ihn mit einem Liebeszauber in ihren Bann schlägt. Quasebarths Tochter besiegt mit zwergischem Amor den Dämonenkönig, auf dass das Land wieder friedlich vereint werde. So ähnlich heißt es doch in der Überlieferung.«

Ägidius' Mundwinkel fingen an zu zucken, auch die Gesichter der anderen Zwerge schienen ein gewisses Eigenleben zu entwickeln, bevor alle sieben lauthals anfingen zu lachen.

»Was ist daran jetzt so komisch?«, fragte Neveflora sichtlich verwirrt.

Hubertus zuckte nur mit den Schultern. Auch ihm war der Heiterkeitsausbruch ein Rätsel.

»Es ist weil ...«, fing Godewald an, der Satz endete jedoch in einem Prusten, bevor er wieder anfing zu lachen, bis ihm die Tränen übers Gesicht liefen.

Die zwei Menschen sahen sich ratlos an. Sie wussten nicht, ob sie mitlachen oder eher wütend sein sollten, dass die Zwerge das schlimme Schicksal der Prinzessin offensichtlich nur witzig fanden.

Schließlich hatte sich Boso soweit beruhigt, dass er ganze Sätze herausbrachte. »Entschuldige Schneeblümchen, aber wenn die Prophezeiung bei euch so verdreht angekommen ist, ist mir klar, warum noch niemand versucht hat, dem Dämon Einhalt zu gebieten. Der Fehler besteht nur in einem Buchstaben, aber er verändert einfach den ganzen Sinn.« Er machte eine Pause, um einen weiteren Heiterkeitsausbruch einigermaßen niederzuzwingen. »Die Weissagung lautete in der Kurzfassung: Quasebarths Tochter besiegt mit zwergischem Amour den Dämonenkönig, auf dass das Land wieder friedlich vereint werde. Amour, ein altes Wort für Rüstung. Nicht Amor, das romantische Wort für Liebe. Ein feiner, aber wie du sicher zustimmen wirst, bedeutender Unterschied.«

»Ja«, warf Guntram ein, »wenn man die richtige Überlieferung betrachtet, kannst durchaus du diese Tochter Quasebarths sein. Ich meine, die Rüstung ist verzaubert und gut, aber jemand der gar keine Ahnung vom Kämpfen hat, wird trotzdem nicht weit kommen. Du aber trainierst schon lange mit dem Schwert, teilweise auch im Harnisch. Ein Teil von mir möchte dich beschützen und hierbehalten, Schneeblume, aber der andere Teil von mir befürchtet, dass Ukur über kurz oder lang siegen könnte. Dann geht es nicht nur den Menschen in Ukur-Land schlecht, sondern allen Lebewesen in Kralac. Daher möchte dieser andere Teil von mir dich in den Kampf schicken.« Er seufzte abgrundtief.

Die anderen sechs Zwerge stimmten in das Seufzen mit ein. Nach dem gerade eben noch vorherrschenden Lachen, hörte sich dies für Neveflora irgendwie surreal an. Schließlich ergriff Ägidius das Wort: »Leider hat Guntram recht. So gerne wir alle dich hierbehalten und beschützen würden; ich fürchte das können wir nicht. Wenn Ukur erst ganz Kralac erobert hat, bist du auch hier nicht mehr sicher. Klar, wir könnten zusammen fliehen, solange noch Zeit dafür bleibt. Aber ich schätze, wir würden uns alle den Rest unseres Lebens Vorwürfe machen – und das von uns Zwergen kann noch ziemlich lang sein. Wir können dich natürlich auch nicht zwingen, gegen einen Dämon zu kämpfen. Das ist schließlich keine Kleinigkeit. Wenn du also die Flucht vorziehst, werden wir dich begleiten.«

Neveflora musste an Agnes-Maria denken. Sie konnten ihre hochschwangere Geliebte unmöglich aus dem Schloss und in ein anderes Land bringen. Würde jemand mitbekommen, dass sowohl die Königin, als auch die Kronprinzessin flohen, würde Panik bei den Leuten ausbreiten. Davon abgesehen, dass sie ihrer Geliebten nicht zumuten wollte, in ihrem Zustand reisen zu müssen. Nach allem, was die Prinzessin wusste, konnte es nicht mehr lange dauern, bis ihr Geschwisterchen zur Welt kam. Sie wollte sich gar nicht ausmalen, was der Dämon mit dem kleinen Wesen anstellen würde, wenn er über Kralac siegte. Ihre Entscheidung war gefallen.

»Ich werde es tun!«, sprach sie mit fester Stimme. Innerlich war sie längst nicht so sicher, wie sie ihre Mitbewohner glauben machen wollte. Doch sie wusste, dass es keine andere Möglichkeit gab, das Unglück mit Namen Ukur noch aufzuhalten. Dann fiel ihr eine kleine, aber bedeutsame Hürde ihres Planes ein: »Aber, was mache ich mit dem Dämon? Es heißt doch, dass er unsterblich ist. Kann ich ihn irgendwo – keine Ahnung - in eine Dämonenhölle verbannen, oder so etwas?«

Boso lächelte. »Er ist nur in dem Sinne unsterblich, dass er nicht altert und keines natürlichen Todes stirbt. Töten kannst du ihn. Mit einem normalen Schwert wird das vermutlich sehr schwer, aber mit einer verzauberten Waffe klappt das auf jeden Fall.«

Die anderen Zwerge nickten. Godewald fügte hinzu: »Ich würde ihm mit dem magischen Schwert den Kopf abschlagen. Sicher ist sicher. Also ruhig erstmal die Klinge dahin schieben, wo sich normalerweise das Herz befinden sollte, das ist vermutlich einfacher. Und wenn er am Boden liegt, dann auf jeden Fall den Kopf abtrennen. Bei einem Dämon sind zwei tödliche Verwundungen besser als nur eine.«

Die Prinzessin nickte daraufhin zustimmend. Nach einem Moment der Überlegung wandte sie sich an Ägidius. »Gibt es eine Möglichkeit, dass ich mich selbst von dem Wortlaut der Prophezeiung überzeuge? Es ist mir klar, dass die Hexe ihren Fluch damals mündlich hervorgebracht hat. Aber scheinbar gibt es Aufzeichnungen aus der Zeit, wenn ihr so genau darüber Bescheid wisst. Die sollten einigermaßen korrekt sein, und nicht durch das viele Weitererzählen verfälscht. Da stellt sich mir auch gleich die nächste Frage. Gibt es eine solche verzauberte Rüstung, oder könntet ihr die in so kurzer Zeit herstellen?«

Der Schmied lächelte: »Die Worte einer wahren Tochter von König Quasebarth. Es gibt eine Aufzeichnung, in der der Wortlaut des Fluches kurz nach der Teilung von Kralac aufgeschrieben wurde. Ich weiß nicht, ob es noch irgendwo eine ältere Aufzeichnung gibt. Aber vielleicht kann diese dich überzeugen. Wegen der Rüstung. Ja, die gibt es. Gleich nachdem wir Zwerge von dem Fluch der Hexe hörten, machten sich unsere besten Schmiede und Magier daran, einen solchen Harnisch zu fertigen.«

»Wo wird der aufbewahrt?«, fragte Neveflora mit leuchtenden Augen. »Ich will natürlich auch die Aufzeichnung sehen, von der du gesprochen hast. Aber wenn die Zwerge eine solche Rüstung gefertigt haben, dann muss das einfach der richtige Wortlaut sein.« Nach einer Pause fügte sie leise hinzu: »Und ich wohl entgegen aller Erwartungen doch genau die Königstochter, die den Dämon besiegt.«

»Ich werde, zusammen mit Godewald und Guntram, die Rüstung holen«, erbot sich Boso. »Das Versteck dürfen wir keinem Menschen verraten, auch nicht

Quasebarths Tochter. Aber wenn wir morgen in der Frühe aufbrechen, sollten wir bis abends wieder zurück sein. In der Zwischenzeit kannst du dir ja die Aufzeichnungen anschauen, Schneeblümchen.«

Alle am Tisch nickten zustimmend. Selbst Hubertus bejahte den Vorschlag mit etwas Verspätung. Während des Gesprächs hatte er geschwiegen. »Ich muss gestehen«, sprach er Neveflora an, »ich bin hin und her gerissen zwischen meiner Pflicht Euch zu schützen und dem Wissen um die Notwendigkeit, dem Dämon ein für alle Mal das Handwerk zu legen. Auf Euch wartet eine Aufgabe. Wozu augenscheinlich nur die Königstochter fähig ist, die ich vor Schaden bewahren soll. Hinzu kommt, dass Ihr inzwischen mehr für mich seid, als nur die Prinzessin - eine Freundin. Und Freunde lässt man nicht im Stich.«

An diesem Abend gingen alle Bewohner der kleinen Siedlung früh zu Bett, auch wenn keiner in der Nacht wirklich gut schlief. Vor allem die Prinzessin lag noch lange wach. Sie dachte so intensiv an Agnes-Maria, wie schon seit Wochen nicht mehr. Ihre Hoffnung, dass sich ihre Liebe zur Königin im Laufe der Zeit und über die Entfernung hinweg, abschwächen würde, war innerhalb weniger Augenblicke fortgewischt. Jetzt, wo die Königin in höchster Gefahr war, von einem Dämon gefangen genommen zu werden, spürte sie, wie die Liebe zu ihr stärker war als jedes andere Gefühl. Der Gedanke, dass ihrer Geliebten etwas zustoßen könnte fühlte sich an, als würde ihr jemand das Herz herausreißen. Dass sie sich selbst in tödliche Gefahr brachte, wenn sie sich Ukur stellte, hatte da schon fast etwas Tröstliches. Sollte sie versagen, würde sie zumindest nicht mit ansehen müssen, was der Dämon Agnes-Maria womöglich antat. Vor allem würde sie nicht mit der Schuld leben müssen, untätig herumgesessen oder sogar geflohen zu sein, während ihre Familie in Lebensgefahr schwebte. Vor lauter Sorge um ihre Geliebte hatte sie ganz vergessen, dass ihr Vater eine Besetzung von Kralac durch den Dämon auf keinen Fall überleben würde. Auch das musste sie verhindern.

Schließlich forderte der anstrengende Tag seinen Tribut und die Prinzessin fiel doch noch in einen unruhigen Schlaf.

Kapitel 15

Der König von Ukur-Land wurde langsam ungeduldig. Seine Männer rannten schon den ganzen Tag gegen die Mauer an, hatten diese jedoch nicht einnehmen können, obgleich sie den Verteidigern zahlenmäßig weit überlegen waren. Wozu bildete er die Männer aus, ließ ihnen eine teure Schulbildung zuteilwerden und versorgte sie darüber hinaus noch mit Waffen? So wie die sich anstellten, hätte er auch die unausgebildeten Frauen mit Dreschflegeln ausstatten und zur Mauer schicken können. Möglicherweise hätte das sogar mehr Erfolg.

Anscheinend hatten die Menschen von Kralac den Aufmarsch seiner Armee beobachtet und waren deshalb nicht von dem Angriff überrascht gewesen. Dass sie sich jedoch so gut verteidigen konnten, hatte Ukur nicht erwartet.

Schließlich brach die Dämmerung herein und er ließ zum Rückzug blasen. Zu gerne hätte er sie weiterkämpfen lassen. Doch er wusste, dass die Kraft der Soldaten begrenzt war und sie ausruhen mussten. Zum Glück galt dies auch für die Verteidiger, ein

Angriff ihrerseits war ausgeschlossen. Es würde – leider – nochmals ein ruhiger Abend werden.

Verärgert drehte er sich um und verschwand in seinem Zelt. Dort angekommen ließ er sich auf einen Stuhl fallen und starrte vor sich hin. Womit konnte er seine Männer nur anspornen, damit sie entschlossener kämpften? Kurz überlegte er, ein paar Frauen zur allgemeinen Belustigung der Soldaten kommen zu lassen. Diesen Gedanken verwarf er jedoch sofort wieder. Wenn jetzt Weiber im Lager auftauchten, würden sich die Männer bei denen verausgaben und wären am nächsten Tag nicht mehr in der Lage mit aller Kraft die Mauer zu erobern. Frauen für die besten Kämpfer in Aussicht stellen? Er hatte ohnehin bereits verlauten lassen, dass ein Teil der weiblichen Bevölkerung der eroberten Dörfer und Städte den Soldaten zur Verfügung stehen würden. Das hätte eigentlich Anreiz genug sein müssen.

Eine Belohnung in Form von Gold? Unnötig beschied er. Seine Untertanen hatten alles, was sie zum Leben benötigten. Wenn er erst über die ganzen Länder herrschte, würden alle mit dem Nötigsten versorgt sein. Sobald ein paar Soldaten mehr hatten als andere, würde untereinander Neid ausbrechen, so gut kannte er die Menschen inzwischen.

Vielleicht größere Essensrationen? Auch diese Idee verwarf er sofort wieder. Die Männer bekamen genug zu essen, um gut kämpfen zu können. Erhielten sie mehr, würden sie nur träge werden.

Frustriert lehnte er sich in dem Stuhl zurück. Vielleicht sollte er ein paar Soldaten, die sich nicht genügend anstrengten, auspeitschen lassen. Angst war schon immer eine gute Triebfeder gewesen. Außerdem hätte er dann auch noch etwas Vergnügen dabei. Ja, diese Idee war perfekt. Er würde am nächsten Tag zwar noch aus sicherer Entfernung, aber doch deutlich näher den Kämpfen zusehen. Das sollte die Moral der Truppe anspornen. Abends würde er dann zwei oder drei Männer, von denen er den Eindruck hatte, dass sie absichtlich weiter zurückblieben, in der Lagermitte auspeitschen lassen. Er musste nur noch dafür sorgen, dass auch alle Soldaten zusahen. Dann würde es am Folgetag niemand mehr wagen, nur halbherzig zu kämpfen.

Ukur stand auf, streckte sich und befahl einem Bediensteten, den Koch davon zu unterrichten, dass er demnächst zu speisen gedachte. Während das Mahl bereitet und der Tisch gedeckt wurde, wollte er nochmal einen Blick über seine prächtige Armee schweifen lassen.

Außerhalb des Zeltes war es schon fast dunkel geworden. Von seinem erhöhten Standpunkt aus hatte der König einen guten Blick über die Biwaks und Lagerfeuer der Soldaten. Er schloss seine Augen und sein Geist begab sich auf eine Reise zu den Männern. Da alle in ihren Uniformen an den Feuern saßen, hatte er reichlich Auswahl, welchen Gesprächen er lauschen wollte. Aufs Geratewohl blieb er bei einem Mann hängen, der an einem der etwas entfernteren Lager-plätze saß.

»Kommt es mir nur so vor, oder sind wir weniger als heute Morgen?«, fragte er gerade in die Runde der Männer, die mit ihm am Feuer saßen.

»Den Eindruck habe ich auch«, erwiderte ein anderer. »An den Toten kann es aber nicht liegen. Ich war beim Feld-Bestatter. Der sagte etwas von zwei-undzwanzig Gefallenen.«

»Im Lazarett werden fünfunddreißig Männer behandelt, aber nur fünf müssen für ein paar Tage dortbleiben. Der Rest wird wohl morgen wieder in den Kampf geschickt.«

»Macht fünfundfünfzig weniger an den Feuern. Wir sollten hier mehrere tausend Mann sein. Ich glaube nicht, dass man da das Fehlen von so wenigen Leuten überhaupt bemerkt.«

»So wie ich das sehe, sind wohl einige desertiert, vor allem sehr junge Burschen«, warf jetzt ein anderer Soldat ein.

»Ach, und wohin sollen die abgehauen sein? Diesseits der Mauer können die ja nirgendwo hin. Da laufen sie den eigenen Leuten in die Arme. Wenn da irgendwo so ein junger Kerl auftaucht, der körperlich in der Lage ist zu kämpfen, weiß doch jeder gleich, dass der von der Front abgehauen ist. In dem seiner Haut möchte ich dann lieber nicht stecken.«

Bei diesen Worten gestattete sich Ukur ein zufriedenes Lächeln. Die Soldaten hatten Angst vor

Strafe, das war gut. Morgen würde er seinen Plan mit dem Auspeitschen der feigsten Männer in die Tat umsetzen. Ganz offensichtlich war eine gewisse Menge an Furcht dem Gehorsam von Menschen zuträglich. Was er wohl sonst noch erfuhr? Er konzentrierte sich wieder auf das Gespräch.

»Nach dem, was ich mitbekommen habe, sind wohl ein paar auf die andere Seite der Mauer desertiert.«

»Wie soll das denn gehen? Wir haben den Wall nicht einmal erklimmen können«, fragte einer der Soldaten ungläubig nach.

»Ich habe gesehen, wie ein junger Bursche, der war sicherlich noch keine fünfzehn, seine Rüstung abgelegt hat und daraufhin durch eine der Türen in der Mauer reingelassen wurde.«

»Wie reingelassen?«

»Na, die haben die Tür geöffnet und der Kerl ist durchgeschlüpft.«

»Puh, das hätte ich nicht gemacht. Wer weiß, was die da drüben mit ihm anstellen.«

»Sowas habe ich auch beobachtet. Das waren gleich fünf Kerle auf einmal. Auch so ganz junge. Ein älterer Soldat wollte auch die Gelegenheit nutzen, aber die Tür wurde ihm vor der Nase zugeknallt. Buchstäblich. Der hatte dann erstmal Nasenbluten.«

»Aber trotzdem, so viele werden sicher nicht abgehauen sein. Ist ja auch ziemlich blöd. König Ukur wird die Mauern bezwingen und Kralac besetzen. Anschließend leben sie wieder in Ukur-Land, falls sie die Eroberung überleben. Wenn sie dann jemand erkennt, sind sie tot.«

»Vielleicht rechnen sich die da drüber irgendwelche Chancen aus, gegen die Armee von Ukur-Land bestehen zu können. Die sollen ja mitunter recht überheblich sein. Aber die bekommen wir schon noch klein. Dafür wird unser Herr sorgen.«

Ukur fühlte sich durch dieses Vertrauen geschmeichelt, gleichzeitig brodelte es in ihm. Waren wirklich seine Soldaten zum Feind übergelaufen? Er brüllte nach einem Boten, der Sekunden später vor ihm salutierte.

»Bring folgenden Befehl an alle Hauptleute: Noch heute Nacht werden alle Männer durchgezählt. Mir kam ein Gerücht zu Ohren, dass einige desertiert seien. Bis morgen Früh will ich einen Bericht von jedem Hauptmann haben, ob tatsächlich Soldaten abhandengekommen sind, die weder tot sind, noch im Lazarett liegen. Wenn welche fehlen, will ich wissen, wie alt diese Abtrünnigen sind.«

Der Bote stutzte kurz, hatte sich aber schnell wieder im Griff und trabte los, um den Befehl weiterzugeben.

Im Morgengrauen hatte König Ukur dann Gewissheit. Einhundertsiebenundachtzig Soldaten waren verschwunden, alle unter fünfzehn Jahren. Zusammen mit den Toten und den Schwerverletzten hatte er an diesem Morgen etwa zweihundert Männer weniger, als am Tag vorher. Bei rund sechstausend Soldaten, die sich im Heerlager befanden, eine kleine Zahl. Dennoch wurmte es ihn ungemein, dass es tatsächlich jemand gewagt hatte, sich seinem Befehl zu entziehen. Nicht nur einer, sondern gleich so viele, dass es sogar den Soldaten aufgefallen war. Er würde die paar Kämpfer nicht benötigen, um über Kralac zu siegen, davon war er überzeugt. Ihn ärgerte nur diese bodenlose Unverschämtheit, dass sie es überhaupt gewagt hatten, ihn zu verraten. Das musste er unterbinden! Die Frage war nur wie.

Für den Moment blieb ihm erstmal nichts anderes übrig, als seine Armee erneut in den Kampf zu schicken, wollte er den Verteidigern der Mauer keine Erholungspause gönnen. Schon kurze Zeit später wuselten so viele Soldaten vor dem Wall herum, dass er keinen Abschnitt genau sehen konnte. Daher beschränkte er sich darauf, vor allem das hintere Ende seines Heeres zu beobachten, um am Abend wenigstens an zwei oder drei Feiglingen ein Exempel statuieren zu können. Diese Aussicht besänftigte ihn etwas, zumindest eine Zeit lang. Als bei Einbruch der Dämmerung noch immer kein Fortschritt zu verzeichnen war, hatte ihn seine schlechte Laune vom Morgen wieder eingeholt. Am liebsten hätte er mindestens hundert Soldaten auspeitschen lassen, doch er wollte seine Armee nicht schwächen, weshalb es bei drei armen Seelen blieb, die schließlich die Nacht im Lazarett verbrachten.

Die nächsten Tage brachten keine Änderung. Jeden Abend waren zwischen achtzig und hundertachtzig sehr junge Soldaten verschwunden. Die Auspeitschungen fanden weiter statt, spornten die Männer aber nicht wirklich zu größeren Anstrengungen an. Sie bemühten sich, scheiterten jedoch weiterhin an der Eroberung des ersten Mauerstücks.

Kapitel 16

Ungeduldig schaute Neveflora zu Ägidius. Er hatte ihr noch immer nicht die Aufzeichnungen zu lesen gegeben. Dabei verstrich immer mehr Zeit, in der Ukur ihr Land angriff. Als er aufstand folgte sie ihm mit ihrem Blick. Mit ernstem Gesicht drehte er sich noch einmal zu ihr um.

»Du hast noch Zeit zu überlegen, ob du wirklich gegen den Dämon kämpfen willst. Niemand hier würde dich verurteilen oder gar für feige halten, wenn du doch lieber hierbleiben möchtest. Allerdings weiß ich nicht, wie lange wie alle hier noch ein Zuhause haben, wenn Ukur anfängt, Kralac zu besetzen.« Er nickte, wie zur Bestätigung seiner Worte, dann deutete er mit dem Daumen seiner linken Hand schräg hinter sich. »Dort im Regal steht ein Buch, das in grünes Leder gebunden ist. Laut dem Einband sind darin Fröhliche Wanderlieder. Tatsächlich findest du in dem Werk allerdings kein einziges Lied, sondern verschiedene Weissagungen, ein paar Salbenrezepte und ähnliches. Der Titel soll nur Neugierige abschrecken. Im zweiten Kapitel steht die Prophezeiung, so wie sie uns bekannt ist.« Der Zwerg nickte nochmals, dann verabschiedete er sich, um weitere Waffen herzustellen.

Neveflora und Hubertus saßen noch eine Weile schweigend am Esstisch. Die Prinzessin war unschlüssig, ob sie erst die Prophezeiung lesen, oder wie gewohnt jagen gehen sollten. Schließlich erhob sie sich und räumte den Tisch ab. Der Soldat half ihr beim Spülen und Aufräumen des Geschirrs.

»Ich glaube, wir sollten zuerst auf die Jagd gehen«, überlegte Neveflora schließlich laut. »Die ganze Situation beschäftigt mich natürlich. Aber ich befürchte, wenn ich erst den Text mit der Weissagung gelesen habe, werde ich mich nicht mehr auf die Jagd konzentrieren können. Wenn wir die Zwerge also noch mit Fleisch versorgen wollen, bevor wir abreisen, sollten wir jetzt in den Wald gehen. Ich kann aber verstehen, wenn du lieber hierbleiben willst. Dann kannst du weiterhin für alle auf die Jagd gehen.«

»Natürlich begleite ich dich, Neveflora. Ich bin immer noch ein Soldat deines Vaters und zu deinem Schutz abgestellt. Dass ich in Luitgart die Frau meines Lebens gefunden habe, ändert daran nichts. Das weiß sie auch. Wir haben in der vergangenen Nacht darüber gesprochen. Zugegeben, es hätte nicht viel gefehlt und ich wäre hiergeblieben. Aber meine Liebste ist kein zartes Pflänzchen, das beschützt werden muss. Zumal auch die anderen Zwerge auf sie aufpassen.« Hubertus lächelte sehnsüchtig beim Gedanken an die Zwergin, sah der Prinzessin währenddessen aber fest in die Augen.

»Gut, dann lass uns jagen gehen. Ich stelle mir vor, die Beute wäre der Dämon, dann treffe ich ganz sicher.«

Es war bereits deutlich nach Mittag, als die beiden von einer erfolgreichen Jagd zurückkamen. Zwischen sich trugen sie eine kräftige Wildsau, die sie gleich enthäuteten und in grobe Stücke zerlegten. Ein großer Teil der Fleischstücke kam dann in eine Salzlake, um später geräuchert und damit haltbar gemacht zu werden.

Bis sie mit ihrer Arbeit fertig waren, war es schon fast Abend. Eilig deckten sie den Tisch, damit sich die hungrigen Zwerge nach dem anstrengenden Tagewerk stärken konnten.

Pünktlich zum Essen fanden sich auch Boso, Godewald und Guntram wieder ein. Sie hatten die magische Rüstung aus ihrem Versteck geholt und sie in der Schmiede gelassen. Die Prinzessin sollte sie dort anprobieren, damit Ägidius eventuell notwendige Änderungen gleich vornehmen konnte.

Das Essen verlief überwiegend schweigend, da jeder seinen eigenen Gedanken nachhing. Schließlich war es Balduin, der das Wort ergriff.

»Hast du die Prophezeiung gelesen, Schneeblume?«

Die Angesprochene schüttelte den Kopf. »Nein, dazu bin ich noch nicht gekommen. Ich war mit Hubertus auf der Jagd. Uns ist eine prächtige Wildsau vor den Bogen gelaufen. Die haben wir gleich zerlegt. Wir sind gerade erst zum Abendessen fertig geworden.«

»Gisbert, Boso, würdet ihr heute ausnahmsweise den Tisch abräumen?«, fragte Ägidius. »Ich möchte, dass Neveflora und Hubertus die Weissagung gleich nach dem Essen lesen.«

Die beiden Angesprochenen nickten. Dann herrschte erneut Stille, bis alle mit dem Abendmahl fertig waren.

Nachdem der Tisch abgeräumt war, legte der Schmied das Buch fröhliche Wanderlieder darauf und schlug es auf. Er schob die geöffnete Seite der Prinzessin zu. Sie zögerte noch kurz, dann begann sie laut zu lesen.

»Der Dämon hatte einen Teil von Kralac erobert. Die weise Frau Sieglinde wusste, dass sie tödlich verwundet war. Es gelang ihr, ein letztes Ritual durchzuführen, mit dem sie Ukur verfluchen wollte. Sie hatte mir, ihrer Gehilfin, anvertraut, dass sie eine mögliche Zukunft gesehen hatte. Eine Zukunft, in der Ukur den eroberten Teil des Landes beherrschte, während sich seine Nachkommen um das restliche Kralac stritten. Es herrschte ein ständiger Geschwisterstreit zwischen den Dämonennachkommen. Ein ewiger Hader, für den die Kralacer mit ihrem Blut zahlen mussten. Dies war jedoch nur eine Version der künftigen Ereignisse. Es konnte noch andere geben. Deshalb beschloss Sieglinde in ihrer Weisheit, den Dämon zu verfluchen, auf dass es ihm nicht möglich sein werde, Nachkommen zu zeugen. Doch sie dachte auch an die Menschen, die im jetzt besetzten Gebiet leben mussten. In einer weiteren Vision sah sie eine kralacsche Prinzessin, eine Tochter des Königs Quasebarth, die angetan mit zwergisch-magischem Amour den Dämon besiegen und die zwei Länder wieder vereinen würde. In der Hoffnung, dass diese Zukunft geschehen möge, verfluchte sie Ukur zur Kinderlosigkeit. Der Fluch war so mächtig, dass er Sieglinde die verbliebenen Kräfte raubte. Die weise Frau starb.

So bleibt mir nur, die Kunde ihrer Vision zu verbreiten, auf dass sie dem Volk des geteilten Landes Hoffnung auf einen Sieg über den Dämon bringt. Einen Lichtblick, den vor allem die von Ukur unterjochten Menschen dringend benötigen, um die Zeit der Beschwernis zu überstehen.

Mögen die Zwerge mit dem Schmieden der magischen Rüstung beginnen und uns eines Tages die Prinzessin aus der Vision geboren werden.

Hiltrud, Gehilfin der weisen Sieglinde«

Nachdem Neveflora geendet hatte, war es einige Zeit still im Haus.

»Das hört sich ganz anders an als die Prophezeiung, die man sich bei den Menschen erzählt«, ließ sich schließlich Hubertus vernehmen.

»Ja«, stimmte ihm die Prinzessin zu. »Interessanterweise ist wohl auch Ukur nur die andere Prophezeiung bekannt. Er scheint erfolglos zu versuchen, Nachkommen in die Welt zu setzen. Den Erzählungen von Maluk zufolge versucht er das sogar ziemlich verzweifelt. Die weise Sieglinde scheint ihn recht gründlich verflucht zu haben.«

»Ich glaube, an der Fehlinterpretation sind wir Zwerge mit Schuld«, sagte Boso mit einem bösen Kichern. »Wäre die richtige Weissagung bekannt geworden, hätte Ukur alles Mögliche getan, die verzauberte Rüstung zu finden. Sofern wir überhaupt die Zeit gefunden hätten, diese zu schmieden. Durch die gezielte Falschinformation ließ der Dämon uns gewähren. Er hofft ja, dass wir einen magischen Trank brauen, der eine kralacsche Prinzessin dazu bringt, ihn zu lieben. Er geht davon aus, dass dann der Fluch aufgehoben wird und er viele kleine Halbdämonen zeugen kann. Außerdem musste Kralac bestehen bleiben, denn ohne Kralac, keine kralacsche Königstochter, die ihn erlöst. So wurden zwei Fliegen mit einer Klappe geschlagen.«

»Aber warum greift er dann jetzt meine Heimat an? Wenn er unser Land erobert, gibt es keinen König Quasebarth mehr und damit auch keine Tochter, die ihn von dem Fluch befreien könnte. Das erscheint mir nicht wirklich sinnvoll«, grübelte Neveflora laut vor sich hin.

Godewald wiegte den Kopf. »Wie man es nimmt. Aktuell gibt es ja noch eine Tochter von Quasebarth, nämlich dich. Vielleicht hast du demnächst sogar eine Halbschwester, wer weiß. Aus Sicht von Ukur kann sich die Weissagung also immer noch erfüllen, auch wenn er jetzt Kralac erobert. Er muss dich nur gefangen nehmen, das Volk der Zwerge erpressen, ihm den magischen Trank auszuhändigen und schon ist seiner Ansicht nach der Fluch aufgehoben. Vermutlich ist er einfach ungeduldig geworden. Auch wenn er nicht altert, es sind doch einige Jahrzehnte ins Land gegangen, seit er sich einen Teil von Kralac unter den Nagel gerissen hat. Da kann es schon sein, dass er jetzt alles auf eine Karte setzt.«

»Lasst es mich nochmals zusammenfassen: Es gibt eine Prophezeiung, nach der ich den Dämon nicht bezirzen, sondern im Gegenteil töten soll. Dazu ziehe ich eine zwergisch-magische Rüstung an, die ihr drei, Boso, Godewald und Guntram aus einem Versteck geholt habt. Habe ich das richtig verstanden?«, erkundigte sich Neveflora. Nachdem alle Zwerge zustimmend nickten, fuhr sie fort: »Da Ukur sich in den Kopf gesetzt hat, genau jetzt Kralac anzugreifen, mit dem Ziel das ganze Land zu erobern, dürfte wohl nun der passende Zeitpunkt sein, die Weissagung wahr werden zu lassen. Aber was kann die Rüstung, dass sie es mir ermöglicht den Dämon zu besiegen?«

»Du bist auf jeden Fall die Prinzessin aus der Prophezeiung, denn du stellst die richtigen Fragen«, lobte Ägidius. »Also, was kann der Amour, was kann er nicht. Nun, die Teile der Rüstung werden nicht selbständig kämpfen. Wenn wir da eine völlig ungeübte Person reinstecken, wird der Dämon kurzen Prozess machen. Wenn aber jemand das dazugehörige Schwert führt und einigermaßen damit umgehen kann, dann kann der Amour den Sieg bringen. Es gibt drei wichtige Punkte bei der Rüstung. Der erste ist, dass der verwendete Stahl die gesamte dämonische Magie, die Ukur gegen dich richten wird, absorbiert. Er kann dich also nur im Zweikampf besiegen, nicht durch Zauberei. Der zweite betrifft auch das verarbeitete Metall, genauer gesagt, den magisch veränderten Stahl. Er hält viele Treffer aus und vom Träger ab. Nicht auf Dauer und nicht alles, deshalb sagte ich, dass der Dämon denjenigen, der in der Rüstung steckt, töten kann. Du darfst das also nicht auf die leichte Schulter nehmen. Aber sie hält mehr aus, als ein normaler Harnisch und kann durchaus auch den einen oder anderen Treffer abhalten. Wie viele Hiebe und wie stark diese sein dürfen, weiß niemand, aber du hast auf jeden Fall bessere Chancen, wenn du diese Rüstung trägst.«

Der Schmied lehnte sich zufrieden zurück.

»Du sagtest etwas von drei Punkten«, erinnerte ihn Neveflora.

»Ja, der dritte Punkt. Der ist irgendwie ... heikel«, erwiderte der Zwerg zögerlich. »Er betrifft das Schwert. Es hat so eine Art ein Eigenleben.«

»Eigenleben«, echote die Prinzessin. »Was soll ich mir denn darunter vorstellen, besser gesagt, was bedeutet das für mich im Kampf?«

Die Zwerge sahen sich etwas unbehaglich an. Schließlich war es Gisbert, der antwortete: »Du musst es selbst ausprobieren, um zu spüren, wie es bei dir wirkt. Bisher hat noch niemand die Rüstung oder das Schwert getragen. Eigentlich soll es so eine Art Souffleur sein. Das Schwert soll mit der Rüstung kommunizieren und dir Hinweise geben. So was wie: Schwertangriff von hinten oder unten rechts ist die Deckung des Gegners offen. Das war jedenfalls der Plan bei diesem Zauber. Du musst wissen, damals war das grad irgendwie in Mode. Viele wollten solche magischen Gegenstände haben. Die meisten sind damit allerdings nicht wirklich klargekommen und ließen die Waffen wieder einschmelzen, wodurch auch der Zauber erlosch.«

»Mit anderen Worten, das Schwert ist vorlaut und will mir in meinen Kampf reinreden«, fasste Neveflora das Gehörte zusammen. »Aber es plappert bloß, hoffe ich, macht dann trotzdem das, was ich möchte, oder?«

»Soweit wir wissen, ja«, sagte Balduin etwas unbehaglich.

»Am besten wird es sein, du legst die Rüstung gleich an und versuchst dich an einem Schaukampf mit Hubertus«, überlegte Luitgart laut. »Sei halt vorsichtig, dass du ihm nichts abschneidest. Ich brauche ihn noch in einem Stück.«

Der Jäger errötete leicht, nickte aber zum Vorschlag seiner Liebsten.

Die Zwerge begleiteten die Prinzessin zur Schmiede, wo sie die Rüstung deponiert hatten. Zu Nevefloras

Verwunderung und der Zufriedenheit von Dwarf-Inc. saß die Schutzkleidung wie angegossen.

»Gut, sie ist verzaubert und passt sich in gewissem Maß ihrem Träger an, aber die Tatsache, dass die einzelnen Teile so perfekt sitzen unterstreicht die Wahrscheinlichkeit, dass du, Schneeblume, die Tochter Quasebarths aus der Prophezeiung bist«, erklärte Ägidius. »Aber ich kann verstehen, wenn du doch die Flucht vorziehst. Ist schließlich keine Kleinigkeit, gegen einen Dämon zu kämpfen. Verzauberter Amour hin oder her.«

»Lasst mich ausprobieren, wie ich mit Rüstung und diesem speziellen Schwert zurechtkomme. Wenn ich den Eindruck habe, dass das wirklich passt, werde ich gegen Ukur ins Feld ziehen.« Energisch stapfte die Prinzessin nach draußen, wo sie auf Hubertus wartete.

Diesem wurde ebenfalls Schutzkleidung angelegt, dann standen sich die zwei Krieger gegenüber und nahmen Kampfhaltung ein. Beide ließen es locker angehen, damit sich die Prinzessin an die neue Rüstung gewöhnen konnte. Sie merkte schnell, dass sie diese kaum spürte. Wenn sie sonst mit Brustharnisch, Helm, Arm- und Beinschienen gekämpft hatte, musste sie deutlich mehr Gewicht tragen. Teilweise waren diese sogar recht hinderlich gewesen. Kein Vergleich zu der meisterlich geschmiedeten Rüstung, die sie jetzt trug. Sie konnte sich darin so gut bewegen, als hätte sie nur Hemd und Hose an. Auch das Schwert war mehr eine Verlängerung ihres Armes, als ein zusätzliches

Gewicht. Vor allem war es bemerkenswert still, dachte sie. Prompt hallte eine fremde Stimme durch ihren Kopf: »Du kämpfst noch nicht ernsthaft. Was soll ich dir da raten? Ich bin nicht für sinnloses Lob geschaffen, sondern als Unterstützung in einem echten Kampf.«

Dann war es wieder ruhig im Kopf. Neveflora taumelte einen Schritt zurück.

»Was ist? Ist dir nicht gut?«, erkundigte sich Hubertus besorgt.

»Nein, mir geht es gut. Das Schwert hat gerade zu mir gesprochen, was mich etwas aus dem Konzept gebracht hat. Die Stimme war in meinem Kopf. So ein tiefer Hall, fast wie Donner. Erstaunlicherweise trotzdem gut verständlich. Gut, dass wir nur üben. Wäre das beim Kampf gegen Ukur passiert, hätte mich das leicht einen Treffer kosten können«, erwiderte die Prinzessin etwas angesäuert.

»Wenn du das so siehst, dann spreche ich eben auch während des Übungskampfes mit dir, damit du dich an meine Stimme gewöhnen kannst, Prinzessin«, ließ sich die Klinge wieder vernehmen.

Neveflora fand es ungewohnt, sich während eines Waffengangs zu unterhalten, noch dazu mit ihrem Schwert. Aber besser sie gewöhnte sich daran. Ein Zurückweichen oder Innehalten während ihres Kampfes mit Ukur wäre zu gefährlich. Daher nickte sie mit entschlossener Miene und dachte bei sich: »So sei es.«

Erneut kreuzten sie und Hubertus die Schwerter. Hin und wieder erhielt sie Ratschläge von ihrem Schwert. Erstaunt stellte sie fest, dass dessen Einschätzungen immer zutrafen. Nach einer Stunde, in der der Soldat nicht den Hauch einer Chance gegen die Prinzessin hatte, beendeten sie schließlich den Übungskampf. Der Soldat war schweißgebadet und fassungslos über die Kampffähigkeiten von Neveflora, während diese, trotz des langen Tages, keine Ermüdungserscheinungen zeigte. Erst nachdem sie die Rüstung abgelegt hatte, spürte sie eine tiefe Erschöpfung.

Auf Vorschlag von Ägidius übte Neveflora am folgenden Tag abwechselnd mit Hubertus und den Zwergen. Das Zusammenspiel zwischen ihr und dem Schwert, dem sie den Namen Donnerhall gegeben hatte, klappte mit jeder Stunde besser.

»Ich werde morgen zur nördlichen Grenze aufbrechen und diesen Dämon herausfordern«, teilte die Prinzessin beim Abendessen mit.

»Willst du nicht erst noch eine Weile trainieren?«, erkundigte sich Balduin besorgt.

»Auf der einen Seite würde ich gerne noch ein paar Monate üben, um wirklich richtig gut zu sein. Aber ich habe das Gefühl, dass die Zeit drängt. Ich werde etwas mehr als zwei Wochen brauchen, um an die Grenze zu gelangen, in der Hoffnung, dass diese dann noch da ist, wo sie sein sollte. Wenn ich zu lange warte, hat Ukur möglicherweise schon erhebliches Leid über die ersten

Städte und Dörfer im Norden gebracht. Das kann ich nicht verantworten. Wenn ich die Tochter Quasebarths aus der Prophezeiung bin, muss ich darauf vertrauen, dass der Fluch der weisen Sieglinde den Kerl im entscheidenden Moment so schwächt, dass ich eine Chance auf den Sieg habe.«

»Wir Zwerge können leider nicht mit dir mitkommen, Schneeblume«, sagte Ägidius in bedauerndem Tonfall. »Es würde mir zwar schon gefallen, mal wieder die Axt zu schwingen und gegen die Ukurer zu kämpfen, aber wir werden hier gebraucht, um Waffen herzustellen. Da muss unser eigenes Vergnügen zurückstecken. Außerdem muss sich ja jemand um den Gefangenen kümmern.«

»Das verstehe ich«, erwiderte die Prinzessin. Dann wandte sie sich an den Soldaten und Luitgart: »Aber was ist mit euch beiden? Wollt ihr euch wirklich um meinetwillen trennen? Hubertus könnte doch weiterhin jagen. Ihr braucht ja was Ordentliches zum Essen, wenn ihr Waffen herstellt.«

Die Zwergin nickte bekümmert aber entschlossen. »Mein Schatz und ich haben das mehrfach durchgesprochen. Er wird dich begleiten. Es wäre mir unwohl, wenn du alleine durch Kralac reitest. Verzauberte Rüstung hin oder her. Was das Fleisch betrifft. Ihr habt ja gestern noch ein Wildschwein erlegt. Bevor ihr hierhergekommen seid haben wir alle unsere Nahrungsmittel auf dem Markt gekauft. Das werden wir eben wieder so machen, bis der Dämon besiegt ist.«

Die anderen Zwerge nickten zustimmend. Neveflora sah ein, dass die Zwerge die vielen Jahre zuvor auch ohne sie ganz gut zurechtgekommen waren.

So war es entschieden.

Der Abschied am nächsten Morgen war herzlich und tränenreich. Hubertus hatte von Dwarf-Inc. noch eine gute Rüstung und perfekt geschmiedete Waffen erhalten, auf dass er ebenso wie Neveflora unverletzt heimkehren möge. Schließlich winkten alle Zwerge, bis die beiden Menschen auf ihren Pferden außer Sicht gerieten.

Kapitel 17

Ukur lief in seinem Zelt unruhig auf und ab. Jetzt belagerte er diesen blöden Wall schon seit vier Wochen mit einer zahlenmäßig weit überlegenen Armee, aber noch immer hatte er keinen Erfolg. Da er nur eine Seite der Mauer belagern konnte, war es nicht möglich, die Bewohner auszuhungern. War er erst einmal an einer Stelle durchgebrochen, würde er seine überlegene Mannstärke ausspielen können. Aber so traten sich seine Soldaten fast gegenseitig auf die Füße in ihrem Bestreben, weit vorne mitzukämpfen. Die Auspeitschungen hatten schließlich doch Wirkung gezeigt. Alle Männer waren jetzt mit Feuereifer dabei, gegen den Grenzwall anzurennen. Einen Unterschied machte es aber trotzdem nicht. Das Problem mit den überlaufenden Soldaten hatte sich reduziert, als er die älteren Krieger nach vorne an die Mauer schickte und die jungen in den letzten Schlachtreihen behielt. Trotzdem waren seit Beginn der Schlacht fast vierhundert Jungen hinter dem Wall verschwunden. Dreihunderteinundzwanzig Männer wurden im Feldlazarett behandelt, die würden über kurz oder lang wieder einsatzbereit sein. Nur dreiunddreißig seiner Männer waren dauerhaft kampfunfähig und weitere vierundfünfzig gestorben. Er hatte also noch immer genügend Soldaten, um Kralac zu überrennen – wenn nur diese Mauer nicht wäre.

Auf der anderen Seite schienen neue Soldaten angekommen zu sein. Die Verteidiger machten einen ausgeruhteren Eindruck als noch vor einer Woche. Der Dämon bezweifelte, dass König Quasebarth ebenso viele Soldaten aufmarschieren lassen konnte wie er selbst. Dennoch benötigten seine Feinde nicht so viele Kämpfer, solange sie die Mauer hielten.

Wenn ihm nur etwas einfallen würde, womit er die Gegenseite so schwächen konnte, dass es ihm möglich war, an einer Stelle durchzubrechen. Er hatte schon versucht, Männer auf die andere Seite einzuschleusen, die die Tore öffnen konnten, jedoch ohne Erfolg. Für ältere Soldaten wurden die kleinen Türen nicht geöffnet. Von den Jungen hörte er nichts mehr, wenn diese erstmal jenseits der Mauer waren. Entweder wurden die Spione enttarnt und schwer bewacht. Oder sie hatten sich nur angeboten, die Gegenseite zu infiltrieren, um überlaufen zu können, sobald sie es hinter den Wall geschafft hatten.

An dem Tisch mit der Landkarte blieb er stehen und starrte wütend auf die eingezeichnete Grenze. In Gedanken zog er noch einmal Bilanz: Über die Mauer, geht nicht, oder nicht so schnell wie gewünscht. Durch die Tore, geht nicht. Aber irgendeine Möglichkeit musste es einfach geben!

Die Brunnen vergiften – dazu müsste er jemanden einschleusen. Derjenige hätte dann aber selbst kein Trinkwasser mehr, weshalb der Soldat eher überlaufen als das Gift hineinstreuen würde. Irgendwie musste er das gegnerische Heer schwächen, sonst würde er nicht weiterkommen. Er könnte etwas zusammenbrauen, das die Menschen in Kralac krank werden ließ. Das müsste er dann nur in Tontöpfe abfüllen und über die Mauer werfen. Begeistert von seiner Idee wollte er schon eine Liste für die Zutaten machen, als ihm aufging, dass er damit auch die eigenen Soldaten schwächen würde. Sobald das Gift wirkte, müsste er umgehend die Grenzbefestigung einnehmen lassen. Dann wäre dies aber noch immer in der Luft und seine Armee würde auch dahinsiechen. Wenn er abwartete, bis das Toxin ungefährlich war, würde die andere Seite auch wieder die Mauer besetzen. Wenn er das oft genug wiederholte, würde Kralac irgendwann so menschenleer sein, dass er es leicht überrennen konnte – aber woher sollte er dann die Soldaten für seine nächsten Feldzüge nehmen? Einfach abwarten, bis erneut genug Menschen nachgewachsen waren, wollte er nicht. Er hatte sich vorgenommen die Länder bis weit in den Süden zu erobern, damit er endlich den Winter in warmen Gefilden genießen konnte. Dafür würde er nicht nochmal Jahrzehnte warten. Nein, die Lösung musste jetzt her.

151

Quasebarth! Wenn er es schaffte den König zu töten, dann würde er Kralac damit empfindlich schwächen. Die Königin war nur eine armselige Frau. Seinen Informanten zufolge hochschwanger oder hatte bereits einen Nachkommen geboren. Aber weder das Weib noch das Baby könnten die Armee von Kralac anführen. Dann gab es noch die Tochter des Königs. Diese sollte zwar ein ziemlicher Wildfang sein, aber ein Heer konnte keine Frau befehligen. Das war Männern vorbehalten.

Je mehr er darüber nachdachte, desto besser gefiel ihm der Gedanke. Ohne Quasebarth keinen Anführer, ohne Anführer keine planmäßige Gegenwehr, ohne planmäßige Gegenwehr keine Chance gegen seine Übermacht an Soldaten. Perfekt. Jetzt galt es nur zu überlegen, wie er den kralacschen König ausschalten konnte.

Vergnügt rief er nach einer seiner Sklavinnen. Nachdem die Lösung für sein Problem gefunden war, hatte er sich ein wenig Entspannung verdient. Danach würde er sich einen konkreten Plan überlegen.

Nach einem für ihn vergnüglichen Abend und einer erholsamen Nacht, wollte Ukur während des Frühstücks gerade über seinen Plan genauer nachdenken, als einer seiner Hauptmänner aufgeregt ins Zelt hereinplatzte.

»Eure Majestät, entschuldigt die Störung. Ein Reiter mit weißer Flagge ist auf den Platz vor dem Wall geritten. Er bittet im Namen von König Quasebarth um eine Unterredung. Sollen wir ihn wieder hinter die Mauer jagen, ihn mit Pfeilen spicken oder einfach gefangen nehmen?«

Zuerst war Ukur so erbost über die ungebührliche Störung, dass er die Erschießung des Unterhändlers anordnen wollte. Doch bevor die Worte über seine Lippen kamen, besann er sich eines Besseren. Vielleicht war ja genau das die Chance, auf die er gewartet hatte.

Er setzte eine unbeteiligte Miene auf: »Ich rede nicht mit irgendwelchen Unterhändlern. Wenn der Gegner verhandeln will, gut. Aber ich rede nur mit dem König selbst. Wie kommt dieser impertinente Kerl nur auf den Gedanken, dass ich mit jemanden unter meiner Würde über die Kapitulationsbedingungen von Kralac sprechen soll?« Dann wies er den Soldaten an: »Sag dem Parlamentär, wenn der König persönlich zu Verhandlungen erscheint, werde auch ich kommen. Kommt er nicht, werden wir weiter angreifen.«

Der Hauptmann sah kurz etwas enttäuscht aus, hatte sich aber schnell wieder im Griff. Er salutierte und verließ das Zelt, um die Botschaft seines Herrn zu überbringen.

Erwartungsgemäß konnte Ukur nun in aller Ruhe sein Frühstück beenden. Er konnte sich lebhaft vorstellen, wie auf der anderen Seite der Grenze darüber diskutiert wurde, ob der König vor die Mauer kommen sollte, oder nicht. Für sich selbst beschloss er, bis zum Mittag mit dem weiteren Angriffsbefehl zu warten. Ohne eigene Nachkommen musste er mit menschlichen Soldaten vorliebnehmen, die ständig Pausen benötigten. Die Pause würde ihnen guttun, bis die Gegenseite zu einem Ergebnis gekommen war. Es würde für lange Zeit die letzte Erholungspause sein, da er gedachte das Nachbarland danach zügig einzunehmen – auf die eine oder andere Weise. Nachdenklich besah er sich den Tisch mit der Karte. Soweit er wusste, gab es lediglich diese dämliche Mauer zwischen Ukur-Land und Kralac. Wenn er die erst einmal bezwungen hatte, wäre es dank seiner Übermacht ein leichtes, das gegnerische Land einzunehmen. Die schwache kralacsche Bevölkerung hatte seiner Armee nichts entgegenzusetzen. Aufgrund der Größe von Kralac würde es wohl dennoch Herbst werden, bis er das Nachbarland vollständig eingenommen hatte. Damit könnte er den Winter zumindest etwas weiter südlich verbringen, als den letzten. Ob er Siefenstätten noch im Herbst angreifen sollte? Wenn der dortige König nicht damit rechnete, dass er einen Winterfeldzug wagen würde, könnte er leichtes Spiel haben. Diesen einen Winter müsste er dann eben im kalten Zelt ausharren. Wobei – vielleicht gab es im Süden von Kralac ein passendes kleines Jagdschloss, von dem aus er seine Befehle erteilen konnte. Ukur wusste selbst nicht warum, aber irgendwie hatte er es plötzlich eilig die bekannte Welt so schnell wie möglich vollständig zu erobern. Viel Zeit verschwendete er jedoch nicht damit, seine Eile zu hinterfragen, schließlich galt für ihn der Grundsatz mein Wille geschehe. Da er beschlossen hatte, dass er sich lange genug mit diesem winzigen Flecken Ukur zufriedengegeben hatte, gab es nichts und niemanden, der ihn davon abhalten konnte, seinen Plan jetzt umzusetzen.

Kurz vor dem Mittag kam erneut der Hauptmann in König Ukurs Zelt gelaufen.

»Eure Majestät. Kralac hat einen Boten geschickt. Wenn die Sonne im Zenit steht, wird König Emmerich Quasebarth IV. unter der weißen Flagge auf die Wiese vor der Mauer reiten. Unbewaffnet. Er geht davon aus, dass auch Ihr ohne Waffen kommt und den Frieden der Verhandlungsfahne respektiert. Was soll ich dem Boten sagen?«

So ein kleingeistiges Getue, dachte Ukur bei sich. Laut sagte er: »Sag ihm, ich werde da sein.«

Kaum hatte der Hauptmann sein Zelt verlassen, grinste der Dämon über das ganze Gesicht. Das lief ja besser als erwartet.

Kapitel 18

Just an diesem Tag kamen Neveflora und Hubertus im Zeltlager der kralacschen Armee an. Die Männer jubelten ihr zu, während sie zu dem Gasthaus ritt, das ihrem Vater als Unterkunft und Besprechungsraum diente.

Eilfertig erschien ein Stallbursche, um die Pferde entgegenzunehmen. Die zwei müden Reiter bedankten sich und betraten die Schenke. Noch bevor die Prinzessin die Tür zum eigentlichen Schankraum öffnen konnte, wurde diese aufgerissen und ein überglücklicher König schloss seine Tochter in die Arme.

»Ich bin so froh, dich zu sehen. Aber du hättest nicht kommen dürfen!«, seufzte er an ihrer Schulter.

»Was jetzt? Bist du froh, oder hätte ich bei den Zwergen bleiben sollen?«, erwiderte sie lachend.

»Die Situation ist schwierig. Ich werde gleich zu Verhandlungen mit dem Dämon aufbrechen. Ich weiß nicht, wie lange wir die Mauer noch halten können. Da wäre ich froh, du wärst so weit weg wie möglich – oder zumindest im Schloss. Dann könntest du, zusammen mit Agnes-Maria und deinem neugeborenen Bruder, nach Marlanda reisen, wenn es zu einem Durchbruch der gegnerischen Armee kommt. Aber ich bin glücklich, dich nach so langer Zeit in die Arme schließen zu können.« König Emmerich hielt inne. »Ich weiß nicht, ob ich mich verständlich ausdrücken konnte.«

Neveflora schmunzelte. »Ich habe begriffen, dass Agnes-Maria einen Sohn geboren hat. Glückwunsch dazu, lieber Vater. Ich bin auch froh, dich in die Arme schließen zu können. Du hast mir gefehlt.« Dann wurde sie ernst. »Das, was du wegen der Mauer gesagt hast, hört sich gar nicht gut an. Aber was willst du mit dem Dämon verhandeln? Was kannst du ihm anbieten, damit er den Angriff abbläst?«

»Leider habe ich nichts, was ich in die Verhandlung einbringen könnte. Er wird wohl auch kaum auf meine freundliche Bitte hin den Angriff abblasen und sich zurückziehen. Meine Verhandlungsposition ist denkbar schlecht.« Nervös zupfte er an seiner Unterlippe herum. »Um ehrlich zu sein, möchte ich vor allem meinen Soldaten eine kleine Verschnaufpause verschaffen. Was bis jetzt auch gelungen ist. Natürlich sind alle in Alarmbereitschaft, auch wenn bisher nicht gekämpft wurde. Mehr wird allerdings nicht drin sein. Eine weitere Hinhaltetaktik wird nicht funktionieren. Ich weiß nur nicht, was ich noch tun kann.«

»Dann lass mich gegen Ukur kämpfen. Ich habe bei den Zwergen eine andere Version der Prophezeiung gefunden. Demnach habe ich eine Chance den Dämon zu töten, wenn ich in einer magischen Zwergenrüstung gegen ihn antrete. Den Amour trage ich.« Stolz präsentierte die Prinzessin die schimmernde Rüstung.

Ihr Vater riss die Augen auf. »Es gibt eine andere Weissagung?« Er schüttelte den Kopf und zuckte gleichzeitig mit den Schultern. »Wer sagt, dass die richtig ist? Und dass du die Prinzessin aus der Prophezeiung bist? Nein! Ich werde hinausgehen, den weiteren Angriff hinauszögern und dann werden wir unser Bestes geben, um die Mauer zu halten. Du ruhst dich aus. Morgen früh steigst du auf dein Pferd und reitest zu Agnes-Maria. Dann bringst du sie mitsamt Quasebarth V. in Sicherheit nach Marlanda.«

»Apropos Marlanda. Sollte König Frederic nicht Verstärkung schicken? Er ist doch unser Bündnispartner«, erkundigte sich Neveflora. Den Teil des Satzes, der beinhaltete, dass ihr Vater sie fortschicken wollte, ignorierte sie geflissentlich.

»Ja, dem Boten zufolge schickt Marlanda auch Verstärkung. Aber bis die Truppen in Kralac sind, werden noch Wochen vergehen. So lange werden wir die Mauer nicht halten können. Wir können von Glück sagen, wenn wir die Dämonenarmee irgendwo auf halbem Weg stoppen und wenigstens einen Teil unserer Heimat retten können. Mit genügend Vorbereitung und Unterstützung der Nachbarländer ist es vielleicht auch möglich, Gebiete wieder zurückzuerobern. Aber das wird die Zukunft zeigen.«

Traurig und resigniert senkte König Emmerich den Kopf.

Die Prinzessin umarmte ihren Vater. »Und du willst wirklich da raus, den Dämon von Angesicht zu Angesicht treffen? Ist das nicht viel zu gefährlich?«, fragte sie.

»Ich gehe unter der weißen Flagge. Die hat er bisher immer respektiert. Er ist sich, nicht zu unrecht, seines Sieges so sicher, dass er es nicht nötig hat, mir etwas anzutun.« Der König zuckte erneut die Schultern. »Er wird sich freuen, mich dort draußen demütigen zu können, indem er meine Bitte um Frieden ablehnt. Soll er sich daran ergötzen. Um meinem Volk die nötige Erholungspause zu verschaffen, nehme ich diese Bloßstellung auf mich. Aber jetzt komm erstmal in den Schankraum. Du und dein Begleiter habt doch sicherlich Durst und Hunger nach der langen Reise.«

Dies ließen sich Neveflora und Hubertus nicht zweimal sagen, auch wenn beide eine sorgenvolle Miene angesichts von König Emmerichs Ankündigung beibehielten.

Zügig bekamen die zwei Neuankömmlinge Krüge mit Bier sowie Teller mit einem kräftigen Eintopf vorgesetzt. Die Prinzessin bat um Wasser statt des Biers, da sie unbedingt einen klaren Kopf behalten wollte. Sie bewunderte ihren Vater für dessen Mut, seinem Widersacher ohne Waffen unter der weißen Flagge entgegen zu treten. Da dies höchstens eine kurze Verschnaufpause bringen würde, war sie entschlossen, selbst den Dämon herauszufordern. Vielleicht nicht gleich an diesem Tag, aber doch sehr rasch. Wenn ihr Vater der Meinung war, dass die kralacschen Soldaten nicht mehr lange durchhielten, konnte sie den entscheidenden Moment nicht sehr viel länger hinauszögern. Wirklich wohl war ihr bei dem Gedanken an den Kampf nicht. Bei Dwarf-Inc. hatte sich alles so einfach angehört. Sie hatte gelernt, auf die Äußerungen des Schwertes zu hören und hatte sich so gut vorbereitet gefühlt, wie nur möglich. Doch hier, in der Grenzstadt, die zu einem Kriegslager geworden war, hatte sie bereits beim Durchschreiten des Stadttores auf der anderen Seite der Grenzmauer die Angst gespürt, die über der gesamten Stadt lag. Diese Stimmung hatte sehr schnell ihre eigene Zuversicht gedämpft.

Schnell aß sie ihren Teller leer. Sie wollte unbedingt das Treffen der beiden Könige von der Mauer aus beobachten. Da es keine Höflichkeitsbesuche zwischen Ukur-Land und Kralac gab, hatte sie den Dämon noch nie wirklich zu Gesicht bekommen. Zeichnungen und Erzählungen beschrieben König Ukur als sehr groß, mit weißer Haut, weißen langen Haaren und feurig roten Augen. Sie war gespannt, was davon der Wahrheit entsprach und was nur den Köpfen der Leute entsprungen war, die die Beschreibung weitergetragen hatten.

Als sich König Emmerich erhob, stand auch die Prinzessin auf und folgte ihm nach draußen. Sie umarmte ihren Vater nochmals, dann stieg er auf sein Pferd, um durch eine Pforte zu der Wiese vor der Grenzmauer zu gelangen. Neveflora lief zum Wall, um dessen Wehrgang zu erreichen. Hubertus wich ihr dabei nicht von der Seite, wofür sie ihm dankbar war. Zwar war sie hier oben derzeit noch in Sicherheit, aber die Angst und Hilflosigkeit, die über dem gesamten Ort lag, machten ihr ebenfalls zu schaffen. Mit dem treuen Freund an ihrer Seite fühlte sie sich der allgemeinen Stimmung nicht mehr ganz so sehr ausgeliefert.

Auf der Mauer angekommen, lugte die Prinzessin zwischen zwei Zinnen auf die Fläche vor dem Wall. Zum ersten Mal bekam sie einen Eindruck von dem gewaltigen Heer, das Ukur aufgestellt hatte. Es war eine Sache, die ungefähre Anzahl der Soldaten zu kennen, aber eine ganz andere, die vielen Zelte, Kochfeuer und Menschen zu sehen, die in einer geschätzten Meile Entfernung ihr Kriegslager aufgeschlagen hatten. Bei diesem überwältigenden Anblick wurden ihr die Knie weich. Wie sollten sie nur gegen eine solche Überzahl bestehen können? Mit der Unterstützung durch die umliegenden Königreiche wäre das denkbar, aber es würde noch viele Tage dauern, bis die nächste Verstärkung hier sein konnte. Ohne die gewaltige Wehranlage, auf der sie gerade stand, hätten die Soldaten von Ukur-Land wahrscheinlich schon halb Kralac besetzt. Dass seine Armee deutlich in der Überzahl war, wusste der Dämon natürlich. Welche Chancen hatte ihr Vater, dem Dämon den offensichtlichen Sieg auszureden? Wie sollte sie ihn unter diesen Voraussetzungen dazu bringen, sich ihr in einem fairen Kampf zu stellen? Hatte Ukur so etwas wie ein Ehrgefühl? Sollte er sich auf ein Duell einlassen, wie würden dann seine Soldaten reagieren, falls sie siegreich wäre?

Fragen über Fragen und auf keine hatte Neveflora eine Antwort. Frustriert wollte sie sich abwenden, doch in diesem Moment ritt ihr Vater auf seinem Apfelschimmel auf die ehemalige Wiese. Die glich zwischenzeitlich mehr einem frischgepflügten Acker, allerdings einem, der von einem völlig besoffenen Bauer gepflügt worden war.

In der Sonne glänzte der Harnisch des Königs golden. Bis vor den Wall hatten ihn vier Wachen begleitet. Auf ein Handzeichen hin blieben diese zurück. König Emmerich ritt die letzten Meter bis er in etwa die Hälfte der Strecke zwischen der Mauer und dem Lager der feindlichen Armee erreicht hatte. Dort stieg er vom Pferd, nahm die weiße Fahne in die linke Faust und wartete, aufrecht und bewegungslos.

Schließlich kam vom gegnerischen Lager eine einzelne Gestalt angeschlendert. Diese hatte die weiße Rüstung der Armee von Ukur angelegt, trug jedoch keinen Helm. Als sie näher kam, konnte Neveflora sehr helle Haut und lange weiße Haare erkennen. Das musste Ukur sein. Er war also tatsächlich selbst gekommen. Für einen Moment hob der Dämon sein Gesicht in Richtung Mauerkrone, so dass alle auf der

Mauer die rotglühenden Augen des gegnerischen Königs sehen konnten. Ein Raunen ging durch die dort stehenden Menschen. Die Prinzessin konnte nicht verhindern, dass sich ihr bei diesem Anblick das Herz in der Brust verkrampfte. Wie sollte ein nicht magisches Wesen gegen so eine Kreatur bestehen können? Selbst ein Ritter, der von klein auf im Kampf trainiert wurde, musste dem Dämon unterliegen. Wie konnte sie da erwarten siegreich zu sein?

Mit ihrer Hand berührte sie haltsuchend das Heft ihres Schwertes. »Mit Kampfkunst alleine kann man so eine Kreatur nicht besiegen, egal wie gut jemand kämpft. Aber du hast mich und die magische Rüstung. Du kannst es schaffen – und nur du.«

Neveflora zuckte kurz zusammen. Sie war so in den Anblick des gegnerischen Königs vertieft gewesen, dass sie ganz vergessen hatte, dass Donnerhall mit ihr sprechen konnte. »Schön, dass wenigstens du davon überzeugt bist«, wandte sie sich in Gedanken an die Klinge, »aber wie soll ich an ihn herankommen?«

»Fordere ihn zum Zweikampf heraus.«

»Warum sollte er sich darauf einlassen? Er bekommt doch sowieso, was er will.« Die Prinzessin schüttelte innerlich den Kopf. Die zwei Könige waren soeben in der Mitte des Feldes aufeinandergetroffen. Dabei stellte sie fest, dass der Dämon einen guten Kopf größer war als ihr Vater. Der wiederum eine Handspanne größer war als sie selbst. Schon allein der Gedanken an einen Zweikampf auf Leben und Tod mit diesem riesigen Kerl

163

flößte ihr Angst ein. Wahrscheinlich würde ihre Klinge im Kampf so zittern, dass es ihm ein leichtes wäre, sie zu entwaffnen. Davon abgesehen hatte der Dämon auch keinen Grund, sich überhaupt mit ihr zu messen. Nach dem, was sie erfahren hatte, blieb er stets in sicherer Entfernung zum Kampf, so wie jeder andere Monarch auch. Es war mehr als unwahrscheinlich, dass sich Neveflora bis zu ihm durchkämpfen könnte.

»Es gibt wohl durchaus Gelegenheiten, zu denen er seinen Hügel verlässt«, mischte sich ihr Schwert in ihren Gedankengang ein. »Er braucht halt einen passenden Anreiz.«

»Schon, aber was könnte ich ihm bieten? Mir fällt einfach nichts ein.« Neveflora zuckte mit den Schultern, dann ließ sie diese entmutigt hängen. Sie stellte fest, dass die Könige anscheinend ein paar Höflichkeitsfloskeln getauscht hatten. Leider war auf der Mauerkrone nicht wirklich zu verstehen, was gesprochen wurde. Plötzlich lachte Ukur laut auf.

»Frieden? Ich soll meine Armee zurückziehen? Warum sollte ich?« Die Worte waren so laut gesprochen, dass jeder auf der Mauer sie hören konnte. Wahrscheinlich nutzte der Dämon auch einen Zauber, damit ihn alle verstanden. Denn die Antwort von König Emmerich war erneut nicht zu verstehen. Der Sinn war jedoch eindeutig. Er nickte dem gegnerischen Regenten knapp zu und wollte sich umdrehen, als Ukur den Abstand zwischen den beiden überwand. Neveflora sah ein metallisches Glitzern, dann brach ihr Vater blutüberströmt zusammen. Der Mörder wischte sich mit gelangweiltem Gesicht die Blutspritzer von der Rüstung, dann erhob er erneut seine Stimme, so dass jeder von ihnen seine Worte vernehmen konnte.

»Euer König ist tot! Ihr seid nun ohne Regenten. Das gibt mir das Recht, mich als rechtmäßigen Herrscher über Kralac zu erheben. Ihr öffnet mir sofort die Tore, oder meine Soldaten reißen diese lächerliche Mauer nieder. Solltet ihr kapitulieren und meine Herrschaft anerkennen, werde ich Gnade walten lassen. Muss ich Kralac mit Gewalt einnehmen, seid ihr Schuld an dem Blut, welches fließen wird.« Er wartete keine Antwort ab, sondern drehte ich um, bereit, zu seinem Lager zurück zu gehen.

Die Reaktion der Soldaten auf der Mauer ließ nicht lange auf sich warten. Eine ganze Salve an Pfeilen ging auf den Mörder nieder. Dieser zeigte sich jedoch vollkommen unbeeindruckt. Die Geschosse prallten an ihm ab, ohne ihm auch nur einen Kratzer zuzufügen.

Neveflora krallte ihre Finger in die Mauer, kreidebleich im Gesicht. Sie war zu schockiert, um zu trauern. Heiße Wut hatte die Kontrolle übernommen. Dieses Monster hatte die Stirn, ihren Vater unter der weißen Flagge zu ermorden, und dann auch noch den Thron von Kralac einzufordern! Nicht mit ihr!

»Ukur, du elendes Stück Scheiße!«, schrie sie dem Dämon hinterher. »Kralac hat sehr wohl eine Regentin! Wir werden bis zum letzten Blutstropfen gegen dich feigen Mörder kämpfen.«

Der König drehte sich erstaunt um, dann lächelte er. »Wenn ihr alle sterben wollt, bitte sehr. Aber wer hört schon auf ein dummes Weib?«

»Ja, es wird Blut fließen. Aber es wird deines sein. Hiermit fordere ich, Kronprinzessin Neveflora von Kralac, dich zum Zweikampf. Oder bist du zu feige für ein faires Duell mit dem Schwert?«

»Mutig bist du ja, kleines Mädchen. Aber warum sollte ich mir die Mühe machen, gegen dich zu kämpfen? Was kannst du mir schon bieten?«, fragte Ukur mit einem verächtlichen Lächeln auf den schmalen, weißen Lippen.

Ja, was konnte sie ihm bieten. Da war sie wieder, die Frage, die sie selbst nicht beantworten konnte.

»Wenn er die falsche Prophezeiung kennt, glaubt er, dich zu benötigen, um endlich Nachkommen zeugen zu können. Es ist ein Risiko, aber wenn du ihm sagst, dass du seine Frau wirst, sollte er gewinnen, lässt er sich vielleicht auf den Zweikampf ein«, ließ sich Donnerhall vernehmen.

»Die Idee ist gut«, antwortete Neveflora in Gedanken, »auch wenn ich mich eher umbringe, als mich von dem berühren zu lassen, aber das muss er ja nicht wissen.«

Laut sagte sie: »Du brauchst eine Tochter von König Quasebarth, um Nachkommen zeugen zu können. Nun, ich bin die Tochter von König Emmerich Quasebarth IV., den du so feige ermordet hast. Die einzige Tochter! Daher mein Angebot: Gewinnst du, werde ich deine

Frau. Gewinne aber ich, so werde ich Königin von Ukur-Land.«

Ein erschrockenes Raunen breitete sich entlang der Mauer aus. Selbst vom gegnerischen Lager hörte sie erstaunte Stimmen. Irgendwie schien Ukur weiterhin einen Zauber zu weben, durch den das Gespräch überall hörbar war.

Nachdenklich zog der Dämon für einen Moment die Stirn kraus. Dann brach er in schallendes Gelächter aus. Nachdem er sich etwas beruhigt hatte, antwortete er mit einem breiten Grinsen: »Einverstanden, kleines Mädchen. Dann soll sich die Prophezeiung erfüllen. Ich hatte mir zwar eine liebreizendere Gattin vorgestellt, aber nach allem, was ich gehört habe, bist du zumindest hübsch. Das soll genügen. Dann komm herunter und kämpfe!«

»Lass mir den Durchlauf eines Stundenglases, um meinen Vater aufbahren zu lassen und wenigstens einen Moment um ihn zu trauern. Dann werde ich gegen dich antreten.«

»Angeblich ist Vorfreude die schönste Freude. Die Bitte sei dir gewährt.« Hoheitsvoll nickte der Dämon, dann schlenderte er in Richtung seines Lagers davon.

Kapitel 19

Kaum war Ukur auf halbem Weg zurück zu seinem Lager, stürmten eine Handvoll kralacscher Soldaten mit dessen Leibarzt zum Körper ihres Königs. Schnell bestätigte sich dessen Tod. Neveflora hatte ebenfalls zu ihrem Vater eilen wollen, wurde jedoch von Hubertus zurückgehalten.

»Schneeblume, sei vernünftig. Ich kann verstehen, dass du selbst da rausgehen möchtest, aber du hast jetzt andere Pflichten.«

Verblüfft sah die Prinzessin ihn an. »Was meinst du mit anderen Pflichten? Welche weitere Schuldigkeit hat eine Tochter, als den Leichnam ihres ermordeten Vaters zu bergen und dafür Sorge zu tragen, dass er wenigstens anständig aufgebahrt wird?«

»In deinem Fall, die Nachfolge zu regeln. Du bist die Kronprinzessin, aber du hast den Dämon zum Zweikampf herausgefordert. Was passiert, wenn du verlieren solltest? Versteh mich nicht falsch, wenn es jemand schafft, dieses Monster zu besiegen, dann du. Dennoch besteht die Möglichkeit, dass du verlierst. Was dann? Soll Kralac in seine Hände fallen? Glaubst du, den Frauen hier wird es dann besser ergehen als denen in Ukur? Was ist mit Königin Agnes-Maria und deinem kleinen Bruder?«, halb traurig, halb bittend sah Hubertus Neveflora an.

Die wurde blass. »Agnes-Maria! In der Aufregung habe ich sie ganz vergessen. Du hast recht, ihr darf nichts geschehen.« Sie hielt einen Moment inne. »Sollte ich den Kampf verlieren, dann reite so schnell du kannst zum Schloss. Bringe Agnes und meinen Bruder in Sicherheit. Am besten nach Marlanda. Timodäus kann mit Luitgart Verbindung aufnehmen, so dass die Zwerge ebenfalls dorthin reisen können.« Sie klatschte mit der flachen Hand an ihren Kopf. »Timodäus! Vor lauter Schock über Vaters Tod vergesse ich das Naheliegende.«

Eilig lief sie zum Gasthaus und dort, ohne ein weiteres Wort zu verlieren, in den Raum, der ihr zugewiesen worden war. Mit bebenden Fingern kramte sie ihren Handspiegel aus einer der Satteltaschen.

»Timodäus, bitte erscheint«, rief sie lauter als notwendig.

Bereits einen Wimpernschlag später war der Gelehrte im Spiegel zu sehen. »Ihr klingt aufgeregt, Prinzessin. Was ist geschehen?«

»Hört gut zu, ich habe nicht viel Zeit. Aber die Botschaft ist extrem wichtig«, sagte sie anstatt einer Begrüßung. Sie schluckte den dicken Kloß hinunter, der sich in ihrem Hals gebildet hatte, dann sprach sie hastig weiter. »Mein Vater wurde von Ukur unter der

Parlamentärflagge ermordet. Bitte sprich Agnes-Maria mein Beileid aus. Sie soll sofort für sich und ihren Sohn alles packen, was für eine lange Reise notwendig ist. Vor allem Schmuck und Goldstücke, aber so, dass es in einer Kutsche transportierbar ist. Was unwichtig ist, soll sie zurücklassen. Aber sie soll noch mit ihrer Flucht warten.«

Der Gelehrte machte ein betroffenes Gesicht: »Mein herzliches Beileid, Königliche Hoheit. Ich werde es der Königin ausrichten.«

»Das ist noch nicht alles«, beeilte sich Neveflora zu sagen. »Ich habe Ukur zum Zweikampf herausgefordert. Kann ich die alte Prophezeiung erfüllen und den Dämon besiegen, kann Agnes-Maria im Schloss bleiben und die Trauerfeier für ihren Mann ausrichten.« Sie räusperte sich. »Sollte ich unterliegen, dann sagt ihr bitte, dass ich sie von ganzem Herzen liebe. Ich habe versucht, meine Liebe zu unterdrücken und dachte, dass mir die Zeit bei den Zwergen dabei helfen würde. Aber meine Sehnsucht nach ihr wurde nur stärker. Es ist mir wichtig, dass sie dies erfährt. Vor allem aber muss sie, sollte ich unterliegen, den Thronerben von Kralac in Sicherheit bringen. Hubertus wird, in diesem Fall, sofort von hier losreiten und sie nach Marlanda begleiten. Deshalb muss sie unbedingt jetzt schon alles für die Flucht herrichten. Wenn ich sterbe, wird auch die Mauer bald fallen. Dann ist Kralac fürs Erste verloren. Ich hoffe, dass zu einem späteren Zeitpunkt unser Land mit Hilfe der umliegenden

Königreiche wieder zurückerobert werden kann. Aber dafür müssen die Königin und ihr Sohn am Leben bleiben.« Tränen kullerten über Nevefloras Wangen, die sie eigentlich hatte zurückhalten wollen. Mit erstickter Stimme fügte sie noch an: »Bitte geht jetzt und informiert Agnes-Maria.«

Timodäus wünschte ihr noch alles Glück für den bevorstehenden Kampf, dann verschwand er, um die Nachricht an die Königin weiterzuleiten.

Die Prinzessin wischte sich die Tränen aus dem Gesicht, bevor sie sich entschlossenen Schrittes zur Tür wandte. Als sie diese öffnete, fand sie Hubertus wartend davor. Sie huschte nochmals zurück ins Zimmer, um mit dem Spiegel in der Hand wieder heraus zu kommen.

»Hubertus, du kennst Timodäus«, stellte sie mehr fest, als dass sie fragte. Auf sein Nicken hin überreichte sie ihm den Spiegel. »Nimm den hier. Wenn ich zu dem Duell gehe, frag ihn, ob er zuschauen möchte, oder ob er nur das Ergebnis erfahren will. Falls er zusehen will, musst du einfach nur die reflektierende Seite in Richtung Kampfplatz halten. So kann er Agnes-Maria sogleich über den Ausgang des Duells informieren. Wenn er dem Kampf nicht beiwohnen will, dann steckst du den Spiegel ein und rufst ihn nach dem Kampfende.«

Der junge Mann schluckte schwer, nahm aber ohne weitere Worte den Handspiegel an sich. Das Duell würde sich nicht mehr verhindern lassen, so wollte er seiner Freundin wenigstens diesen Wunsch erfüllen.

Die Prinzessin umarmte ihn kurz, gleichermaßen für ihren eigenen Trost, wie sie ihm auch eine Aufmunterung schenken wollte. Dann machten sich die beiden auf, um König Emmerich die letzte Ehre zu erweisen.

Im Tempel waren die Soldaten und der Priester des Ortes dabei den Leichnam auf dem Altar aufzubahren. Am Eingang kamen die Prinzessin und ihr Begleiter an ein paar Mädchen vorbei, die Blumen in den Händen hielten, die vermutlich den Toten schmücken sollten.

Vor dem Altar kniete Neveflora nieder und nahm leise unter Tränen Abschied von ihrem Vater. Der Anblick machte ihr das Herz schwer vor Trauer, gleichzeitig entfesselte er aber auch eine ungeheure Wut in ihr. Wie hatte dieser Dämon es nur wagen können, den König zu ermorden? Auf der anderen Seite hätte man bedenken müssen, dass die Tatsache, wie er bislang die üblichen menschlichen Konventionen eingehalten hatte, nicht zwangsläufig bedeutete, dass er diese auch weiterhin einhalten würde.

»Ich werde dieses Ungeheuer besiegen oder bei dem Versuch sterben!«, gelobte sie ihrem Vater. Sie legte ihre Hand auf den Schwertgriff und fragte in Gedanken: »Bist du bereit, einen Dämon zu töten?«

Die Antwort kam prompt und klang zuversichtlicher, als sich Neveflora fühlte: »Ja, bin ich. Dafür wurde ich geschaffen. Mit deiner Hilfe werde ich heute meine Bestimmung erfüllen!«

Einmal mehr wischte sich die Prinzessin die Tränen ab. Sie erhob sich und verließ den Tempel.

Zurück in ihrem Zimmer legte sie die Teile der Rüstung an, die sie der Bequemlichkeit wegen bisher nicht trug.

Einige Zeit später brachen die Menschen in Jubel aus, als Neveflora in voller Montur das Gasthaus verließ. Neugierig kamen weitere Schaulustige angelaufen, die sich den Hochrufen auf ihre mutige Prinzessin anschlossen. Diese war froh, dass sie einen Helm mit geschlossenem Visier hatte. So sah die begeisterte Menge nicht, wie ihr immer schwerer ums Herz wurde, und sich ihre Miene stetig verfinsterte. Angesichts dessen, dass ihr Vater tot im Tempel lag, fand sie die lauten Jubelrufe unangemessen. Auf der anderen Seite verstand sie die Menschen, dass es ihre Art war, wie sie ihr Mut machen und ihre Bewunderung ausdrücken wollten. Tief in ihr drin brodelte es vor Wut. Doch die richtete sich ausschließlich gegen den Königsmörder.

Entschlossen griff sie nach dem Heft ihres Schwertes und ging festen Schrittes zum Tor. Sie hatte Hubertus wieder auf den Wehrgang geschickt, obwohl er sie hatte begleiten wollen. Doch das hier war eine Sache zwischen Ukur und ihr. Vor allem war es ihr aber wichtiger, dass er im Falle einer Niederlage Agnes-Maria in Sicherheit bringen konnte. Beim

Gedanken an die Königin wurde ihr Herz noch schwerer.

»Du liebst diese Frau«, stellte Donnerhall nüchtern fest. »Dann kämpfe für sie. Vergiss die Wut, die ist ein schlechter Ratgeber in einem Duell. Denke an die Liebe. Daran, was du gewinnen kannst, wenn du siegreich bist. Vielleicht kannst du so das Herz deiner Angebeteten erobern.«

Neveflora seufzte. »Ihr Herz habe ich bereits gewonnen. Aber sie ist die Königin und jetzt die Witwe meines Papas. Wie sollten wir jemals zusammenkommen?«

»Dein Vater ist tot, ihr liebt euch. Wo ist das Problem?« Dem Tonfall nach zu urteilen, in dem das Schwert sprach, konnte es offensichtlich keine Schwierigkeiten darin sehen, dass sie Agnes-Maria liebte.

»Sie ist die Königin. Ich war die Kronprinzessin, aber nur, weil ich das einzige Kind war. Jetzt habe ich einen Bruder, damit wird er König werden. Bis dahin wird sie die Regentin sein.«

»Wenn du Ukur besiegst, bist Du Königin von Ukur-Land. Agnes-Maria ist Regentin von Kralac. DIE könntest du ehelichen. Dann wäre deine Heimat wiedervereint und einen Thronfolger hättet ihr auch schon. Ich weiß nicht, wo da ein Problem sein soll«, sprach Donnerhall emotionslos.

Neveflora seufzte. »Wenn es nur so einfach wäre.«

174

Die Prinzessin durchschritt das Tor, das sich sofort wieder hinter ihr schloss, so wie sie es angeordnet hatte. Jetzt war sie ganz auf sich allein gestellt.

»Du bist nicht alleine, du hast mich und deinen Amour. Lauf zur Mitte des Feldes und versuche deinen Zorn zu zügeln, wenn der Dämon kommt. Du brauchst einen kühlen Kopf. Nur die Rüstung und ich alleine können den Kerl nicht bezwingen. Wir benötigen deine Führung und deinen Körper.«

»Danke für die Aufmunterung«, erwiderte die Prinzessin, während sie gemessenen Schrittes über die ehemalige Grünfläche ging.

In der Mitte angekommen, bemerkte Neveflora eine Bewegung am Rande des feindlichen Lagers. Kurz darauf erkannte sie, dass Ukur auf sie zu kam. Immerhin schien er alleine zu sein. Er schlenderte wieder gemütlich über das Feld, als sei er zum Nachmittagstee geladen. Erneut hatte er einen leichten Harnisch an, aber auf einen Helm verzichtet. Die Prinzessin zog ihr Schwert. Schließlich wusste sie inzwischen, wie hinterhältig der Dämon war.

»Wenn du gleich ein Prickeln spürst, dann zuck kurz zusammen und geh leicht in die Knie«, wies ihre Klinge sie an.

»Warum?«, wollte Neveflora wissen.

»Ich gehe davon aus, dass er sich nicht auf einen fairen Kampf einlässt. Er wird vermutlich Magie wirken, um dich zu schwächen«, erklärte Donnerhall.

»Aber unfair kann ich auch. Wenn er denkt, dass dich sein Zauber schwächt, ist er vielleicht unvorsichtig. Sobald du ein Prickeln spürst, absorbiert die Rüstung die gegnerische Magie. Wenn du aber zusammenzuckst und so tust, als ob du kurz schwach werden würdest, indem du in die Knie gehst, wiegst du ihn in Sicherheit. Er wird schon noch zeitig genug merken, dass dich seine schwarze Kunst nicht beeindruckt.«

In ihren Gedanken hörte die Prinzessin ein leicht gehässiges Kichern. Das Schwert hatte also so etwas wie Humor – na prima.

Noch bevor Ukur bei ihr angekommen war, spürte sie ein sachtes Kribbeln. Sie zuckte kurz zusammen, blieb aber aufrecht stehen.

»Gut reagiert«, kommentierte Donnerhall. »Das war nur eine relativ leichte Dosis. Er will wohl ausprobieren, wie viel magische Energie er aufwenden muss, um dich in die Knie zu zwingen. Außerdem sieht es von der Mauer und vom Lager her aus, als würdest du schon vor ihm zittern, bevor er überhaupt heran ist. Damit könnte er auch unsere Verteidiger einschüchtern.«

Erneut prickelte es auf Nevefloras Haut, dieses Mal stärker. Dementsprechend zuckte sie etwas heftiger zusammen und ging leicht in die Knie. Sollte der Dämon ruhig glauben, dass seine Magie Wirkung zeigte.

Jetzt war Ukur auf etwa zwei Armeslängen herangekommen.

»Ich grüße dich, tapfere kleine Prinzessin«, begrüßte er sie freundlich. »Ich freue mich schon auf die Zeit mit dir als meine Königin. Ich bin gespannt, ob du im Bett auch so furchtlos bist.«

Dieses Mal schüttelte es Neveflora vor Widerwillen.

»Lass uns anfangen«, sagte sie nur, ohne auf die Worte ihres Widersachers einzugehen.

Ukur lachte, dann zog er blitzschnell sein Schwert und führte einen ersten, kraftvollen Hieb gegen die Prinzessin. Diese wich aus, wartete jedoch mit einem Gegenschlag.

Der nächste Angriff fand sowohl mit der Klinge, als auch zusätzlich auf magischer Ebene statt. Neveflora machte schnell zwei, gespielt unsichere, Schritte nach hinten. Sofort setzte der Dämon nach, dieses Mal nur mit dem Schwert. Erneut entkam die Prinzessin dem Schlag mit einer Drehung, aus der heraus sie mit ihrer Klinge in Richtung ihres Gegners schlug. So wogte der Kampf einige Zeit hin und her. Obwohl Ukur mehr als einen Kopf größer war als Neveflora, konnte er keinen Vorteil ihr gegenüber erzielen. Die Prinzessin verließ sich voll und ganz auf die Anweisungen ihrer Klinge, wodurch sie auch Schläge abfangen und austeilen konnte, wie es mit einem normalen Schwert nicht möglich gewesen wäre.

Inzwischen war das überhebliche Grinsen aus dem Gesicht des Dämons verschwunden. Ihm dämmerte, dass der Kampf nicht ganz so leicht war, wie er angenommen hatte. Die Zuschauer auf beiden Seiten des Kampfplatzes waren so von dem Geschehen gebannt, dass kein Laut zu hören war. Nur bei besonders gefährlich aussehenden Schlägen stöhnten die Verteidiger gemeinsam, als ob der Angriff ihnen direkt gelten würde.

Schließlich schien Ukur genug zu haben. Er hob seine Hände, sammelte magische Energie und warf sie auf die Prinzessin. Im Eifer des Gefechts registrierte diese nur ganz am Rand das Prickeln auf ihrem Körper. Sie war nur auf die eine Lücke fixiert, die sich durch das Heben der Hände ihres Gegners ergeben hatte. Zwischen den Fingern des Dämons hindurch stach sie mit ihrem Schwert nach dem Hals Ukurs. Dieser war so verblüfft darüber, dass sein Zauber offensichtlich keinerlei Wirkung auf die Prinzessin hatte, dass er versäumte, den Kopf nach hinten zu reißen. So fuhr die Klinge durch seinen Hals. Neveflora hatte so viel Kraft in diesen Hieb gelegt, dass das Schwert am Nacken des Dämons wieder heraustrat.

»Schnell, zieh mich zurück!«, schrie Donnerhall in den Gedanken der Prinzessin. Die war es inzwischen gewohnt, der Stimme ohne Zögern zu gehorchen, dass sie auch dieses Mal sofort tat, was das Schwert ihr befahl.

Der Dämon fasste sich, ungläubig dreinblickend, mit seiner freien Hand an die Kehle, während er die Schwerthand sinken ließ. Zwischen seinen Fingern quoll schwarzes Blut hervor. Er schloss die Augen.

»Schlag ihm den Kopf ab!«, rief Donnerhall der Prinzessin zu. Ermutigt durch den erfolgreichen Hieb holte sie weit aus und schlug erneut gegen den Hals des Dämons, dieses Mal von der Seite. Die Klinge glitt bis zur Hälfte durchs Fleisch, blieb dann aber an der Wirbelsäule stecken. Während ihr Gegner auf die Knie fiel, hielt sie das Schwert gut fest, so dass es sich löste. Der Dämon fiel der Länge nach auf den Boden. Blut tränkte die Erde. Die Prinzessin wollte sich abwenden, da hörte sie erneut die Stimme ihrer Klinge.

»Schlag ihm den Kopf ganz ab. Nur dann ist er wirklich tot. Wenn du dich jetzt umdrehst, kann es sein, er bringt noch genügend magische Energie auf, um sich zu heilen. Dann hast du ein Problem. Nochmals wird er keinen solchen Fehler machen.«

Bisher hatte sie immer sofort getan, was die Klinge ihr sagte, doch jetzt zögerte sie. Die Blutlache unter Ukur wurde beständig größer, sollte sie wirklich erneut zuschlagen, wo er doch besiegt vor ihr im Dreck lag? Wieder drängte das Schwert darauf, dass sie zu Ende bringen müsse, was sie angefangen hatte. Sie wollte sich gerade umdrehen und die Worte der Klinge ausnahmsweise ignorieren, als der Dämon die Finger seiner linken Hand hob. Neveflora meinte ein Prickeln auf ihrer Haut zu spüren. Da überkam sie ein Gefühl von Angst, dass das Schwert recht haben könnte und Ukur wieder auferstand. Gleichzeitig rauschte aber auch glühend heißer Zorn durch ihre Adern. Es durfte einfach nicht sein, dass der Dämon überlebte.

Angefacht durch diese Wut hob die Prinzessin ihr Schwert und ließ es mit einem Schrei auf den Hals ihres Gegners niedersausen. Der Schlag war so kräftig, dass er den Kopf vom Rumpf trennte und die Klinge noch eine Handbreit in der Erde stecken blieb. Mit dem Fuß rollte Neveflora den abgetrennten Schädel einen Schritt vom restlichen Körper weg. Sicher war sicher. Dann stand sie mit gesenktem Kopf und geschlossenen Augenlidern einfach da und konzentrierte sich auf ihren Atem. Den Jubel des Schwerts über den Sieg ignorierte sie in diesem Moment.

Kapitel 20

Allmählich nahm Neveflora ihre Umwelt wieder wahr. Sie hörte den unbeschreiblichen Jubel der Menschen, aber auch die unnatürliche Stille der feindlichen Soldaten. Nein, berichtigte sie sich in Gedanken, das waren jetzt ihre Männer. Ob diese das akzeptieren würden?

Sie nahm ihren Helm ab und drehte sich zu ihren Landsleuten herum. Erleichtert winkte sie ihnen zu. Sofort schwoll der Jubel noch weiter an, um jäh in ein wildes Gestikulieren und Rufen umzuschlagen. Das Tor öffnete sich und Soldaten mit Waffen in den Händen rannten ihr entgegen. Die Prinzessin wandte sich wieder um, und erblickte vier Soldaten von Ukur-Land, die langsam auf sie zuschritten.

»Die machen auf mich einen recht unsicheren Eindruck«, ließ sich das Schwert vernehmen, das sie noch immer in ihrer Hand hielt.

»Ja, so sieht es für mich auch aus. Wobei ich mindestens so unsicher bin wie die Vier«, antwortete Neveflora.

»Denk daran, die Vereinbarung lautete, wenn du gewinnst, wirst du Königin von Ukur-Land. Du hast gewonnen, demnach bist du nun ihre Herrscherin. Die Männer dort drüben sind eine harte Linie gewohnt. Du musst denen von Anfang an klar machen, dass du ab sofort das Sagen hast. Wenn du den Soldaten jetzt freie Hand lässt, werden sie dich nicht akzeptieren«, gab die Klinge zu bedenken.

Zwischenzeitlich waren die vier Männer bis auf Rufnähe herangekommen.

»Nennt mir eure Namen und euren Rang«, rief Neveflora ihnen mit so viel Strenge in der Stimme entgegen, wie sie aufbringen konnte.

Kurz herrschte Verwirrung, dann machte einer der vier einen schnelleren Schritt, um recht laut zu entgegnen: »Wir sind die Hauptmänner Naruk, Albus, Verov und Rubuk. Wir sind gekommen, um den Leichnam unseres Herrn zu holen.«

»Lass die Leiche des Dämons hier verbrennen und sammle anschließend die Asche ein. Die verstreust du dann irgendwann so, dass niemand weiß wo die Schlacke ist. Sonst kann es passieren, dass ein paar von Ukur-Land, denen es unter Ukur gut ging, da einen Kult um die Gebeine oder die Asche machen«, riet Donnerhall seiner Trägerin mit schnellen Worten.

»Ihr habt die Vereinbarung zwischen Ukur und mir gehört?«, erkundigte sich Neveflora.

»Ja?«, kam es etwas ratlos von Hauptmann Rubuk.

»Ich habe eindeutig gewonnen«, wies die Prinzessin auf das Offensichtliche hin.

Die Soldaten schauten sich betreten an und zuckten unentschlossen mit den Schultern.

»Das heißt, dass ich jetzt Königin von Ukur-Land bin und ihr mir zu Gehorsam verpflichtet seid.«

»Aber ... Ihr seid eine Frau!«, empörte sich Naruk.

»Eine Frau, die euren Dämonen-König bezwungen hat!«

Die Soldaten wandten sich einander zu, um zu beraten.

»Ja, also ... Da das die Vereinbarung mit unserem König war. Äh ... dann seid Ihr jetzt wohl unsere Königin«, stammelte schließlich Rubuk. »Ihr wählt am besten einen von uns Hauptleuten zum Gemahl, damit der die Armee befehligen kann.«

Eigentlich hatte Neveflora dieses Gespräch mit Ernst und Anstand hinter sich bringen wollen, doch jetzt konnte sie nicht anders, als zu lachen.

»Was ist daran so lustig?«, entrüstete sich Hauptmann Albus.

»Ich benötige ganz sicher keinen Gemahl, um euch meine Befehle zu erteilen«, erwiderte Neveflora, jetzt wieder sehr ernst. »Als Erstes werdet ihr zu euren Soldaten gehen, diesen mitteilen, dass ich Königin von Ukur-Land und damit die Oberbefehlshaberin der Ukurschen Armee bin. Dann werden alle Männer Holz sammeln. So viel, dass es für zwei Scheiterhaufen reicht, einen großen und einen kleinen. Die Holzstöße werden hier errichtet. Bis heute Abend ist der Auftrag erledigt. Der Leichnam eures ehemaligen Herrn bleibt so lange hier liegen. Verstanden?« Die sichtlich verwirrten Hauptmänner nickten zögerlich. »Dann an die Arbeit und salutiert gefälligst, oder hat euch Ukur das nicht beigebracht?«, fügte Neveflora mit leichtem Zorn in der Stimme hinzu.

Erschrocken über diesen Ausbruch nickten die Männer nochmals, dann salutierten sie, bevor sie sich umdrehten und gerade so schnell zum Lager zurück liefen, wie es möglich war, ohne dass es wie eine Flucht wirkte.

»Die hast du schon ganz gut im Griff, Königin Neveflora«, erscholl die Stimme von Hubertus im Rücken der jungen Frau. Erschrocken fuhr sie zusammen. Sie war so auf die Hauptmänner konzentriert gewesen, sie hatte nicht einmal bemerkt, dass ein paar der kralacschen Soldaten inzwischen hinter ihr standen, um ihr Rückendeckung zu geben.

Gleichzeitig lachend und weinend überwand sie die Distanz und schloss Hubertus in ihre Arme.

Nachdem sie sich wieder ein wenig beruhigt hatte, ließ sie ihn los und trat einen Schritt zurück. »Könnt ihr bitte darauf achten, dass der Leichnam von Ukur nicht wegbewegt wird?«, wandte sie sich an die Soldaten, die Hubertus begleitet hatten. »Ich will ihn heute Abend verbrennen. Den Torso auf dem großen Scheiterhaufen, den Kopf separat auf einem kleinen.

Wenn es Schwierigkeiten gibt, dann sagt, dass ihr im Auftrag von Königin Neveflora von Ukur-Land handelt. Ich würde das ja selbst beaufsichtigen, aber jetzt möchte ich gerne noch einmal meinen Vater sehen. Ist das für euch in Ordnung?«

Einer der Soldaten nickte. »Ihr seid nicht nur Königin von Ukur-Land. Schließlich wart ihr die Kronprinzessin und unser geliebter König ist tot.« Mit einem Seitenblick zum Leichnam des Dämons fügte er hinzu: »In diesem Fall würden wir Eurem Befehl selbst dann folgen, wenn Ihr nicht die Monarchin wärt.«

»Danke. Als Prinzessin habe ich hier an diesem Ort erst einmal die Befehlsgewalt. Ebenso wie in Ukur-Land. Ich denke, das werden ein paar anstrengende Tage.«

»Tage ist sehr positiv formuliert«, sagte Hubertus mit einem Grinsen. »Ich schätze, da wirst du etwas mehr Zeit einplanen müssen, Majestät.«

»Wahrscheinlich. Begleitest du mich, Hubertus?«

Der junge Mann nickte und schloss sich ihr an, als sie, begleitet vom Jubel der Soldaten, in Richtung der Verteidigungsmauer lief.

In der Stadt feierten die Menschen ausgelassen den Sieg über den Dämon. Angesichts des toten Königs im Tempel konnte Neveflora ihre Freude noch nicht teilen, aber sie konnte es nachvollziehen. Im heimatlichen Schloss hatte sie von dem einen oder anderen Grenzscharmützel gehört. Aber hier, mit Blick ins

Feindesland war die Bedrohung über Jahrzehnte hinweg durch das Nachbarland, sehr viel präsenter gewesen. Dementsprechend erleichtert waren nun die Bewohner.

Die Prinzessin, jetzt Königin von Ukur-Land, schritt daher freundlich lächelnd durch die Menge. Sie gestand sich ein, dass ein Teil von ihr den Jubel auch genoss, während ein anderer Teil von ihr traurig über den Tod ihres Vaters war. Ein dritter Teil war darüber hinaus nervös. Vor allem, wenn sie sich gestattete daran zu denken, dass sie nun ein Land zu führen hatte. Ein Land, das sich von der Herrschaft eines Dämons erholen musste.

Im Tempel angekommen, schüttelte sie alle störenden Gedanken ab. Sie setzte sich auf eine Bank und gedachte ihres Vaters in Trauer aber auch Dankbarkeit für die Zeit, die sie zusammen hatten verbringen dürfen.

Irgendwann am Nachmittag erhob sie sich und wandte sich an einen der Priester, die Totenwache hielten.

»Pater, würdet Ihr alles für eine feierliche Verbrennung veranlassen? Ich würde das zwar gerne beim Schloss machen, aber der Weg ist zu lang. Nur die Urne kann ich mitnehmen und für diese ein Begräbnis in der Residenz durchführen lassen.«

»Selbstverständlich, Eure Majestät«, erwiderte der Priester mit einer Verbeugung.

Neveflora wollte ihn darauf aufmerksam machen, dass Majestät die falsche Anrede war, als ihr bewusst wurde, dass sie ja tatsächlich Königin war. Es hatte zwar noch keine Krönungszeremonie stattgefunden, dennoch stand ihr der Titel bereits jetzt zu. Es würde noch eine Zeit brauchen, bis sie dies verinnerlicht hatte.

Vom Tempel aus ging Königin Neveflora zum Gasthaus, direkt in ihr Zimmer. Durch das Fenster hörte sie noch immer den Jubel der Bevölkerung.

Inzwischen fühlte sie sich nur noch ausgelaugt. Weshalb sie beschloss, sich ein wenig hinzulegen, bevor sie am Abend die Scheiterhaufen mit Ukurs Überresten entzünden würde.

Sie mühte sich gerade mit dem Ablegen des Harnisches ab, als es an der Tür klopfte.

»Herein«, rief sie gespannt darauf, wer mit ihr sprechen wollte. Sie atmete erleichtert auf, als Hubertus' Kopf in der Tür erschien.

»Störe ich?«

»Nein, tritt ein. Du kannst mir aus der Rüstung helfen. Das ist alleine doch sehr beschwerlich«, erwiderte Neveflora mit einem schiefen Grinsen. »Was gibt es denn?«

Während der junge Mann seiner Freundin half, die Riemen und Schnallen zu lösen, kam er auf den Grund seines Besuchs zu sprechen: »Timodäus hat dein Duell mit angesehen. Er sah danach zwar noch blasser aus als sonst, aber er meinte, er habe das auf keinen Fall verpassen wollen. Er ist dann nach dem Kampf gleich zu Königin Agnes-Maria aufgebrochen. Seither habe ich ihn nicht mehr gesehen.« Er holte den Handspiegel aus seinem Wams. »Vielleicht möchtest du mit ihm sprechen. Dabei fällt mir ein, soll Agnes-Maria herkommen, oder wie ist dein weiterer Plan?«

»Danke. Ja, ich möchte mit ihm reden. Eigentlich mit der Königin, aber das geht ja nicht. Noch nicht.« Sie schälte sich vollends aus der Rüstung und nahm den Spiegel entgegen. »Ich habe im Tempel die feierliche Einäscherung meines Vaters in Auftrag gegeben. Der Verwesungsprozess wäre einfach zu fortgeschritten, bis wir beim Schloss ankommen. Die Urne möchte ich aber schon im Familiengrab bestattet wissen. Darüber werde ich Agnes-Maria unterrichten und sie bitten, wieder auszupacken und dafür die Feier zur Urnenbeisetzung vorzubereiten.«

»Was willst du bezüglich Ukur-Land und den Soldaten machen?«, erkundigte sich Hubertus.

Die erste Antwort war ein abgrundtiefer Seufzer von Neveflora. Sie setzte sich aufs Bett, bevor sie zu sprechen begann.

»Heute Abend werde ich die Überreste von Ukur verbrennen. Die Schlacke wird eingesammelt, damit niemand auf die dumme Idee kommt, das als Reliquie verehren zu wollen. Ich werde die Asche dann irgendwann, irgendwo verstreuen, ohne Zeugen. So wird nie irgendjemand erfahren, wo ich das gemacht habe. Morgen früh schicke ich die Soldaten nach Hause. Sie sollen alles für meine Amtsantrittsreise vorbereiten. Die werde ich nach der Beisetzungsfeier für meinen Vater antreten. Bis dahin muss sich Ukur-Land irgendwie selbst regieren.«

»Ich denke nicht, dass sich der Dämon um alle Kleinigkeiten gekümmert hat. Von daher wird die Bevölkerung von Ukur-Land schon in der Lage sein, eine Weile ohne Regenten vor Ort auszukommen. Meine Frage war aber auch auf die weitere Zukunft gerichtet. Früher war Ukur-Land ja ein Teil von Kralac. Über die Jahrzehnte haben sich die Königreiche unterschiedlich entwickelt. Sollen die Länder weiterhin getrennt bleiben?« Hubertus sah Neveflora neugierig an.

»Würde mein Vater noch leben, wäre es für mich selbstverständlich, die Krone von Ukur-Land an ihn abzugeben, sodass er Kralac wiedervereinen könnte. Ohne ihn ist es komplizierter. Agnes-Maria ist Vaters Witwe und die Mutter des kleinen Prinzen. Die männliche Linie wird bei uns bevorzugt. Das bedeutet, dass ich seit der Geburt meines Bruders nicht mehr die Kronprinzessin bin. Er ist jetzt der Kronprinz. Da er selbst noch zu jung ist, ist Agnes-Maria die Regentin. Sie ist also sowohl dem Titel, als auch der Funktion nach Königin von Kralac. Diesen Titel trägt sie so lange, bis ihr Sohn alt genug ist, sein Geburtsrecht als König zu beanspruchen. Auch wenn sie als Prinzessin aufgewachsen ist, sie wurde nie zur Regentschaft erzogen. Das wird eine große Bürde für sie, auch ohne einen weiteren Landesteil, der sich strukturell deutlich vom heutigen Kralac unterscheidet. Es wäre leicht für mich zu sagen, wir vereinen die beiden Königreiche. Aber damit würde ich mich meiner Verantwortung entziehen, und sie vermutlich überfordern. Daher denke ich, es ist das Beste, wenn ich Ukur-Land tatsächlich regiere. Zumindest bis mein Bruder alt genug ist, den Thron von Kralac übernehmen zu können. Und wenn er dann erfahren genug ist, können wir immer noch über eine Wiedervereinigung nachdenken.«

»Wie ich höre, hast du dir schon gründlich Gedanken darüber gemacht. Mir würde noch eine weitere Variante einfallen«, erwiderte Hubertus mit einem leichten Lächeln.

Statt einer Antwort zog Neveflora nur eine Augenbraue nach oben.

»Ist doch ganz einfach«, sagte der junge Mann mit einem Blitzen in den Augen. »Du liebst Agnes-Maria und soweit ich weiß, liebt sie dich auch.«

»Woher weißt du das?«, fragte die Königin ungläubig.

»Ich habe Augen im Kopf und einige Zeit mit dir bei den Zwergen gelebt. Da habe ich vermutlich mehr mitbekommen, als das im Schloss der Fall gewesen wäre«, erklärte Hubertus. »Auf jeden Fall könnt ihr als Königinnen Gesetzesänderungen erlassen. Eine davon könnte sein, dass jeder heiraten darf, wen er will. Unabhängig vom Geschlecht oder der Volkszugehörigkeit. Nach einer angemessenen Zeit, zum Beispiel dem Trauerjahr, vermählt ihr zwei euch. Da jede einen gewissen Thronanspruch mit sich bringt, hätte sicherlich niemand ein Problem damit, dass ihr beide dann gemeinsam über das wiedervereinte Kralac herrscht. Einen Erben habt ihr ja auch schon.«

Verblüfft sah Neveflora ihn an. Auch, weil ihr Schwert schon ähnlich gesprochen hatte. »Du glaubst, das würden die Leute akzeptieren? Zwei Königinnen, aber kein König?«

Ernst nickte der Soldat. »Ja. Nicht jeder und nicht sofort. Aber ich denke schon, dass es Zustimmung finden würde. Zum einen, weil dies die langersehnte Wiedervereinigung der Königreiche bringen würde. Zum anderen gibt es sicherlich einige Untertanen, die von dieser Gesetzesänderung profitieren würden. Da würden sich vermutlich auch die Verwandten und Freunde für diese Personen freuen.«

»Mmmmh«, nachdenklich zog die Königin die Augenbrauen zusammen. »Die Gründe sind gut. Warte mal ... egal welchen Geschlechts und welcher Volkszugehörigkeit? Wie konnte ich das nur übersehen! Nach dem derzeitigen Recht darfst du deine Luitgart nicht heiraten, weil sie eine Zwergin ist. Mit der Änderung dürftest du sie ehelichen. Du bist wahrscheinlich nicht der einzige Mensch im Königreich, der einen Zwerg liebt. Und es leben ja noch andere Völker in Kralac.« Fröhlich sah sie ihren treuen Begleiter an. »Ich glaube, das werde ich mit Agnes-Maria besprechen. Und hoffen, dass sie mich noch immer liebt.«

»Dann solltest du jetzt mit Timodäus sprechen, damit sie schnellstens über deine Pläne für die Zukunft von Kralac informiert wird«, beschied Hubertus. Damit drehte er sich um und verließ den Raum.

Nachdem sich die Tür geschlossen hatte, rief Neveflora Timodäus herbei. Wie immer erschien dieser nur einen Wimpernschlag später.

»Liebe Neveflora, ich gratuliere Euch ganz herzlich zu Eurem Sieg. Ich hoffe, Ihr seid wohlauf?«, begrüßte sie der Gelehrte.

»Ja, danke. Mir geht es soweit gut. Ich bin etwas müde, aber ich wollte unbedingt noch mit Euch sprechen, bevor ich mich ausruhe. Weiß Agnes-Maria von meinem Sieg?«

»Seid Ihr alleine?«, erkundigte sich Timodäus.

»Ja, Ihr könnt frei sprechen.«

»Ich soll Euch herzliche Grüße von Königin Agnes-Maria ausrichten. Sie war in großer Sorge wegen Eures Kampfes. Da habe ich Eurem Befehl zuwider-gehandelt und ihr mitgeteilt, dass Ihr sie von ganzem Herzen liebt. Leider hatte das nicht den gewünschten Effekt, vielmehr brach sie erst recht in Tränen aus. Ihr war es sehr wichtig, dass Ihr erfahrt, dass auch sie Euch von ganzem Herzen liebt.« Der Gelehrte räusperte sich kurz. »Das war das Eine. Die nächste Frage ist, habt Ihr schon entschieden, wie es weitergehen soll? Wer die

Krone der beiden Länder trägt oder ob Agnes-Maria zu Ihrer Familie zurückkehren soll ...«

»ICH bin ihre Familie und ich werde zu ihr zurückkehren!«, unterbrach ihn Neveflora. »Mein Vater wird hier eingeäschert. Ich kann nicht tagelang mit einem Leichnam durch das Land reiten. Die Urnenbeisetzung wird beim Schloss stattfinden. Ich gehe davon aus, dass ich in zwei Wochen mit der Asche meines Vaters zuhause sein werde. Es wäre schön, wenn Agnes-Maria die Trauerfeierlichkeiten vorbereiten würde.

Bis dahin bleibe ich Königin von Ukur-Land und sie die Königswitwe und Mutter des Kronprinzen. Damit ist sie derzeit die Regentin von Kralac. Wenn ich im Schloss bin und die ganzen Feierlichkeiten vorbei sind, werde ich mit ihr reden. Ihr könnt Ihr aber schon sagen, dass Hubertus eine wundervolle Idee hat, wie wir viele Probleme auf einmal lösen können. Davon möchte ich ihr aber persönlich berichten.«

»Diese Neuigkeiten überbringe ich der Königin sehr gerne. Ich werde sie auch, soweit dies mein Zustand zulässt, bei den Vorbereitungen der Feierlichkeiten unterstützen. Verlasst Euch auf uns, Prinzessin äh Eure Majestät. Die Trauerfeier wird angemessen sein und stattfinden können, sobald Ihr zurückgekehrt seid.«

»Danke, Timodäus. Wenn es nichts wirklich Wichtiges ist, dann teilt mir Agnes-Marias Antwort bitte erst morgen mit. Ich möchte mich jetzt etwas ausruhen und muss heute Abend noch die Überreste des Dämons verbrennen.« Mit einem Nicken verabschiedete Neveflora ihren Gesprächspartner, der auch gleich darauf verschwunden war.

Müde, aber zufrieden legte sie sich ins Bett und war auch kurz danach eingeschlafen.

Kapitel 21

Nach einer gefühlten halben Stunde wurde Neveflora durch heftiges Klopfen an ihrer Tür geweckt. Sie streckte sich ausgiebig. Da sie sich angezogen aufs Bett gelegt hatte, konnte sie ihren Besucher sofort hereinbitten.

»Majestät«, grüßte Hubertus sie förmlich, vermutlich standen weitere Soldaten auf dem Flur. »Es dämmert bereits. Ich denke, es wird Zeit, die Scheiterhaufen anzuzünden.«

Ein Blick aus dem Fenster verriet ihr, dass es tatsächlich schon so spät war. Sie nickte, dann bat sie ihren Vertrauten, ihr beim Anlegen der Rüstung zu helfen. So kurz nach dem Sieg über Ukur wollte sie seinem Heer nicht ungeschützt gegenübertreten. Auch wenn es genau genommen jetzt ihr Heer war. Sie konnte sich jedoch nicht sicher sein, ob das alle Männer von Ukur-Land auch so sahen.

Wenig später trat sie vor das Gasthaus, wo sie von Soldaten mit Fackeln in den Händen erwartet wurde. Sie ging in Richtung der Mauer, als sie rechts von sich einen kleinen Tumult bemerkte. »Ich muss unbedingt mit Königin Neveflora reden«, hörte sie eine Kinderstimme. Hinter einer Reihe von Gardisten sah sie einen Jungen von vielleicht knapp vierzehn Jahren.

»Lasst ihn sprechen«, wandte sie sich an die Soldaten, die den Knaben daran hinderten, zu ihr zu gelangen.

Widerwillig brummend öffnete eine Wache den Wall aus Körpern so weit, dass der Junge ungehindert reden konnte. Allerdings ließen sie ihn nicht näher an die Königin herantreten. Der Knabe verbeugte sich ehrerbietig, bevor er zu sprechen begann.

»Eure Majestät. Ich bin einer der Soldaten, die von der Armee von Ukur-Land desertiert sind, weil ich nicht länger König Ukur dienen wollte. Unter Euch würde ich gerne in meine Heimat zurückkehren und dort arbeiten.« Er machte eine kurze Pause, dann sprach er zögerlich weiter: »Ich weiß ... auf Abhauen von der Truppe steht die Todesstrafe. Die anderen sagen ich sei blöd, weil ich mich freiwillig stelle, aber ... was passiert mit uns Deserteuren?«

»Du bist nicht blöd, sondern sehr mutig«, erwiderte Neveflora. »Doppelt mutig, denn du hast es gewagt dem Dämon deinen Gehorsam aufzukündigen, obwohl du nicht wusstest, ob Kralac ihm würde standhalten können. Jetzt wagst du es, dich offen hierzu zu bekennen. Aber was deine Frage angeht – ich finde es richtig, dass du Ukur den Dienst an der Waffe versagt hast. Da ich nun Königin bin, rehabilitiere ich dich hiermit ganz offiziell. Auch alle anderen, die ebenso gehandelt haben. Bitte bleibt für heute Nacht noch hier in der Stadt. Morgen werde ich mit den Heeresführern reden und ihnen klarmachen, dass dir und den anderen nichts geschehen darf. Wenn ihr möchtet, könnt ihr dann mit dem Heereszug in eure Heimatdörfer zurückkehren. Allerdings werdet ihr erst einmal nicht mehr als Soldaten dienen. Das Alter für den Eintritt in die Armee werde ich auf sechzehn Jahre hochsetzen. Wenn ich dich so anschaue, bist du jünger.« Sie sah ihn freundlich an und er nickte mit hochroten Wangen.

»Danke, Eure Majestät. Da wird meine Mutter froh sein, wenn ich bei der Feldarbeit helfen kann. Vielleicht muss sie dann im nächsten Winter nicht so hungern.«

»Ich hoffe sehr, dass in Zukunft niemand mehr Hunger leiden muss. Aber bevor ich mich darum kümmere, muss ich jetzt erstmal dafür sorgen, dass der Dämon auf dem Scheiterhaufen brennt, auf dass er ganz sicher keinem mehr schaden kann.« Sie winkte dem Jungen aufmunternd zu, dann ging sie gemessenen Schrittes weiter zur Stadtmauer. Innerlich machte sie sich eine Notiz, dass sie unbedingt in Erfahrung bringen musste, wie sie der Bevölkerung von Ukur-Land helfen konnte. Ihre Untertanen mussten nicht nur die schlimmen Erlebnisse der Herrschaft des Dämons verarbeiten. Sondern es galt, ihrem Land wieder zu seiner einstigen Blüte zu verhelfen. Immerhin war ein Teil ihres Reichs früher als

Kornkammer von Kralac bekannt gewesen. Da konnte es nicht sein, dass die Bevölkerung im Winter hungern musste.

Der Weg zu den vorbereiteten Scheiterhaufen war mit brennenden Fackeln markiert. Auch um die Holzstöße herum waren flammende Holzstäbe in die Erde gestoßen worden. Zwischen der Wehrmauer und dem abgesteckten Bereich hatten sich viele neugierige Kralacer versammelt. Auf der anderen Seite standen die Soldaten von Ukur-Land. Während sich auf den Gesichtern der Sieger Zufriedenheit abzeichnete, sah Neveflora bei den Männern aus Ukur-Land eine Mischung aus Ungläubigkeit, Erwartung und Furcht. Sie hoffte, dass sie in naher Zukunft das Vertrauen auf ein besseres Leben erfüllen und die Angst aus ihren Blicken entfernen konnte.

Die Soldaten hatten den Torso des Dämons bereits auf dem größeren der Scheiterhaufen platziert und den Kopf auf dem kleineren, dafür deutlich höheren. Gemessenen Schrittes ging die Königin zuerst zu dem Holzstapel mit dem Schädel. Sie wollte so schnell wie irgend möglich nicht mehr dieses Gesicht sehen müssen. Einer der Männer übergab ihr eine Fackel, die sie tief in das Holz hineinsteckte, bis die ersten Zweige Feuer gefangen hatten.

»Mögest du uns Menschen nie wieder behelligen!«, rief Neveflora, während immer mehr Holz anfing zu brennen. Erst, als die Flammen an dem Kopf leckten und sich die weiße Haut schwarz verfärbte, wandte sie sich dem zweiten Scheiterhaufen zu. Da der erheblich größer war, steckte sie diesen an verschiedenen Stellen an, damit er gleichmäßig abbrennen konnte. Nachdem dies getan war, trat sie mehrere Schritte zurück. Gemeinsam mit allen versammelten Menschen wartete sie ab, bis die Haufen weitgehend niedergebrannt waren.

Schließlich wandte sie sich an die kralacschen Soldaten direkt neben sich.

»Bitte wartet, bis das Feuer vollständig heruntergebrannt ist. Dann füllt die Asche und die oberste Erdschicht in Säcke. Diese verwahrt sicher, bis ich abreise. Ich werde die Beutel mitnehmen.«

Die Gardisten nickten zur Bestätigung. Daraufhin wandte sie sich den Soldaten aus Ukur-Land zu.

»Männer, hört mir zu!«, rief sie mit fester Stimme. »Ich werde morgen Vormittag eine Ansprache im Heerlager halten. Ich erwarte, dass alle Soldaten anwesend sind. Bitte benennt einige Boten, die meine Worte bis in den letzten Winkel des Lagers weitersagen. Ich will, dass jeder die Ansprache vernimmt und versteht. Jetzt geht in Frieden und ruht euch aus. Der morgige Tag wird anstrengend werden.«

Ein paar der Angesprochenen nickten. Neveflora blickte zu den Hauptmännern hinüber, die ihr genau gegenüberstanden. Diese salutierten zum Zeichen, dass sie ihre Worte verstanden hatten. Nach und nach leerte sich der Platz.

Zufrieden zog sich die Königin wieder ins Gasthaus zurück. Nach einem einfachen Abendmahl ging sie zu Bett.

Der Morgen kam viel zu schnell. Gerne hätte Neveflora noch länger geschlafen. Doch sie ging davon aus, dass das Heerlager bereits wach und voller Erwartungen war. Sie hoffte, dass sich niemand zu einer unbedachten Handlung hinreißen ließ. Zwar wollte sie die Männer, ihre Soldaten, nicht länger als nötig warten lassen. Die Zeit für ein Frühstück musste jedoch sein.

In der Gaststube bat sie um Wasser, Brot und Käse, dann wandte sie sich an einen der Soldaten, die vor der Tür Wache standen.

»Ist es möglich, dass mich die Jungen, die vom ukurischen Heer geflüchtet sind, nachher begleiten? Also nur die, die zu ihren Familien zurückkehren möchten. Sie haben nichts zu befürchten. Ich denke, es wäre gut, wenn sie beim Abbau der Zeltstadt mithelfen.«

»Ja, Eure Majestät!«

Als Neveflora mit ihrem Frühstück fertig war, warteten an die hundertfünfzig Jungen auf dem Platz vor dem Gasthaus. Sie wusste, dass weit mehr geflüchtet waren, als jetzt hier standen. Dennoch war sie froh, dass wenigstens diese Knaben den Mut fanden, sie zum Zeltlager zu begleiten.

»Danke, dass ihr gekommen seid«, wandte sie sich den Deserteuren zu. »Ich weiß, dass es sehr viel Mut braucht, auf mein Wort zu vertrauen, dass euch nichts geschehen wird. Diese Anweisung geht auch an die Soldaten im Heerlager. Ich gehe davon aus, dass meine Order befolgt wird, dennoch bitte ich euch, aufeinander achtzugeben. Gemeinsam seid ihr stark und ich bin mir sicher, dass die Mehrzahl der Männer meinen Befehlen gehorchen und euch bei Bedarf auch unterstützen werden.«

Hubertus brachte Neveflora ein Pferd und half ihr in den Sattel. Gemächlich ritt sie aus der Stadt hinaus zum Heerlager, gefolgt von ein paar kralacschen Soldaten und einer langen Reihe von Jungen, die äußerst diszipliniert in Viererreihen marschierten. Sie hatte die verzauberte Zwergenrüstung angelegt, in der Hoffnung, dass sie diese auch vor nicht-magischen Angriffen schützen würde. Den Helm hatte sie allerdings nur am Sattel befestigt, sie wollte den Männern im Lager schließlich in die Augen sehen.

Beim Näherkommen sah sie viele angespannte Gesichter zwischen den Zelten hervorlugen. Offensichtlich waren die Soldaten ebenso nervös wie sie selbst. Neveflora griff haltsuchend nach dem Heft ihres Schwertes. Sofort hörte sie dessen Stimme.

»Die meisten der Männer sind wahrscheinlich froh, den Dämon los zu sein, auch wenn sie sich nicht getrauen, laut zu jubeln. Die anderen, die vielleicht um ihre Posten besorgt sind, werden sich hüten, dir etwas anzutun. Du bist jetzt die Königin, da müssen sie sich erst einmal mit dir gut stellen. Bleib einfach aufrecht und gib ihnen klare Anweisungen, dann wird das schon werden.«

Die Königin bedankte sich im Stillen für diese beruhigenden Worte.

Auf dem Hügel, oberhalb des Lagers angekommen, wurde sie von den ihr bereits bekannten Hauptmännern Naruk, Albus, Verov und Rubuk empfangen. Die vier versuchten, einen selbstsicheren Eindruck zu machen. Dennoch merkte man ihnen ihre Unsicherheit an. Neveflora rief sich ins Gedächtnis, dass in Ukur-Land Frauen keinerlei Mitspracherecht hatten. Sie konnte sich lebhaft vorstellen, dass es nicht nur den Soldaten schwerfallen musste, plötzlich die Autorität einer Frau als Staatsoberhaupt anzuerkennen.

Sie richtete sich im Sattel auf und wandte sich an die Hauptmänner. »Wurde alles, wie von mir gewünscht, vorbereitet? Werden alle meine Worte vernehmen können?«

Albus salutierte und bestätigte, dass die Vorbereitungen wie angeordnet vorgenommen worden seien. Ein Blick auf das Lager zeigte Neveflora, dass ein paar, gut in der Menge verteilte, Männer das Gehörte schon jetzt weitersagten.

»Soldaten von Ukur-Land, eure Königin grüßt euch«, begann sie ihre Rede. Vereinzelt vernahm sie bei diesen Worten ein Raunen, davon ließ sie sich jedoch nicht beeindrucken. Nachdem sie auf diese Weise nochmals ihren Thronanspruch gefestigt hatte, erklärte sie den Krieg mit Kralac mit sofortiger Wirkung für beendet. Sie wies die Armee an, wieder nach Hause zu gehen, die Äcker zu bewirtschaften und ihren sonstigen Handwerken nachzugehen. Auch diejenigen der Anwesenden, die bislang hauptberuflich Soldaten gewesen waren wies sie an, sich auf den Feldern nützlich zu machen. Die Deserteure befreite sie von jeglicher Schuld. Gleichzeitig befahl sie den Hauptmännern, dafür Sorge zu tragen, dass ab sofort alle Kinder, gleich welchen Geschlechts oder welcher Volkszugehörigkeit, in der Schule unterrichtet werden sollten. Die Unterrichtspflicht gelte für mindestens vier Jahre. Anschließend dürfe jede Person frei entscheiden, welchem Gewerbe er oder sie nachgehen wollte.

Diese Ankündigung führte zu einem verhaltenen Murren unter den Männern, das aber sofort verstummte, als Neveflora »So lautet der Wille eurer Königin!« rief.

Sie kündigte an, dass sie nach der Trauerfeier für ihren Vater ganz Ukur-Land bereisen würde, um das Land und die Leute kennenzulernen und zu sehen, ob ihre Anweisungen umgesetzt wurden. Zuvor sollte in der Hauptstadt die offizielle Krönungszeremonie stattfinden.

Schließlich kam sie zum letzten und heikelsten Punkt ihrer Ansprache. Sie hatte sich lange überlegt, ob sie diesen Schritt gehen sollte. Da sie aber nicht ständig an den Dämon erinnert werden wollte, blieb ihr keine Wahl.

»Meine Untertanen, damit auch die umliegenden Königreiche sehen, dass in unserem Land jetzt eine andere Regentschaft herrscht, bestimme ich hiermit, dass das Land ... - mein Land ... das bisher Ukur-Land hieß, künftig Neve-Kralac heißen soll. Es ist mein Wunsch und mein Befehl, dass ab sofort nur noch von Neve-Kralac gesprochen wird, wenn mein Land gemeint ist. Diese Order ist an alle zu übermitteln, die heute nicht hier sind.«

Auf diese Ankündigung hin war einiges mehr an Gemurmel vom Lager her zu hören. Von den kralacschen Soldaten, die hinter ihr standen, hörte sie beifällige Äußerungen.

»Gibt es noch Fragen?«, versuchte Königin Neveflora die allgemeine Geräuschkulisse zu übertönen. Doch wohin sie auch schaute, sah sie nur betretenes Kopfschütteln. Auch die vier Hauptmänner machten den Anschein, als wären sie am liebsten unsichtbar. Die junge Frau seufzte. Es würde noch ein langer Weg vor ihr liegen, bis sie Neve-Kralac und Kralac mit ruhigem Gewissen wiedervereinen konnte, aber zumindest war ein erster Schritt gemacht.

»Ihr habt eure Befehle. Brecht das Lager ab und kehrt so schnell wie möglich in eure Heimatstädte und Dörfer zurück. Es ist wichtig, dass die Ernte ausgebracht wird, damit im nächsten Winter niemand mehr hungern muss. Und ihr«, wandte sie sich an die vier Hauptmänner, »Ihr werdet mit eurer Ehre und mit eurem Leben dafür einstehen, dass alles so gemacht wird, wie ich es befehle. Entsprechende Order werde ich euch noch schriftlich zukommen lassen.« Neveflora salutierte, dann wendete sie ihr Pferd und ritt wieder zur Grenzstadt.

Die kralacschen Soldaten folgten ihr, während die Männer im Lager noch einige Zeit unschlüssig herumstanden und nicht so richtig wussten, was sie jetzt tun sollten.

Schließlich übernahmen die Hauptmänner Naruk, Albus, Verov und Rubuk die Führung und ließen alles für die Rückkehr in die Heimat vorbereiten. Bereits am frühen Nachmittag machten sich die ersten Soldaten auf den Heimweg, unter ihnen auch ein Großteil der desertierten Kindersoldaten. Froh, lebend und weitgehend unversehrt dem Krieg entronnen zu sein, hatten die Männer und Knaben bald das eine oder andere fröhliche Lied auf den Lippen, während sie marschierten.

Auch Neveflora hätte sich gerne sofort auf den Heimweg gemacht, doch zuerst musste eine angemessene Trauerfeier mitsamt Einäscherung des Königs stattfinden. Als einzige anwesende Angehörige der Herrscherfamilie war sie verpflichtet, der Zeremonie beizuwohnen. Es war nicht so, dass sie ihrem Vater diese letzte Ehre hätte verweigern wollen, vielmehr hatte sie das Gefühl, ihren Emotionen hilflos ausgeliefert zu sein. Sie wollte nicht vor ihrem Volk weinen. Daher würde die Feier doppelt schwer für sie werden.

Um sich abzulenken, besprach sie sich mit den Hauptmännern der Stadt und der Armee, die zur Unterstützung gegen Ukur gekommen war. Da die Soldaten von Neve-Kralac tatsächlich ihre Zelte abbrachen und sich auf den Heimmarsch vorbereiteten, kamen die Anwesenden überein, dass den Männern des Kralacschen Heers noch die Gelegenheit gegeben werden sollte, an der Einäscherungszeremonie ihres Königs teilzunehmen. Dann jedoch sollten die Soldaten, die nicht ohnehin in der Grenzstadt stationiert waren, wieder nach Hause zurückkehren.

Am späten Nachmittag kleidete sich Neveflora schließlich ihrem Stand als Prinzessin des Reichs entsprechend in dunkle Trauerkleidung. Dann begab sie sich zur Totenfeier und Einäscherungszeremonie. Auf ihren Wunsch hin, sollte während der Feier auch der anderen Toten gedacht werden, die bei der Verteidigung des Landes und der Menschen von Kralac ihr Leben gelassen hatten.

Schon beim Anblick ihres leblosen Vaters auf dem aufgeschichteten Holz konnte sie die Tränen kaum noch zurückhalten. Zwar lag der Körper des Königs ebenfalls auf einem Scheiterhaufen, wie tags zuvor der Dämon, doch der Monarch war in teure Gewänder gehüllt und auf ein Banner mit dem königlichen

Wappen gelegt worden. Das Holz war sauber aufgeschichtet und teilweise mit kleineren Fähnchen und Wimpeln verziert worden. Auf diese Art war deutlich der Unterschied zwischen den beiden Verbrennungen zu sehen. Die Zeremonie, bei der das Holz angezündet wurde war ehrenvoll und feierlich. Kein Vergleich zu dem lieblosen In-Brand-stecken des Scheiterhaufens am Vortag. Während der Körper ihres Vaters verging, gestattete sich Neveflora schließlich doch, ihren Tränen freien Lauf zu lassen. Sie war sich sicher, dass ihr das keiner als Schwäche auslegen würde.

Beim feierlichen Abendessen war sie schweigsam, was ihr anscheinend niemand verübelte. Bevor die Feier in ein Trinkgelage ausartete, verabschiedete sie sich und ging zurück zu ihrem Zimmer. Es dauerte lange, bis sie einschlafen konnte. Doch schließlich forderten die Geschehnisse der letzten Tage ihren Tribut und sie schlief tief und fest bis zum nächsten Morgen.

Kapitel 22

Am nächsten Tag nahm Neveflora feierlich die Urne mit der Asche ihres Vaters von den Priestern entgegen. Anschließend machte sie sich auf den Weg zum heimatlichen Schloss. Auf den ersten Meilen begleitete sie ein recht großer Tross an Soldaten, der jedoch immer kleiner wurde, je weiter sie sich der Landesmitte und damit ihrem Zuhause näherte. Schließlich ritt sie, nur noch von dreißig Gardisten eskortiert, in den Hof des Schlosses.

Es war ein seltsames Gefühl, nach der Zeit bei den Zwergen wieder hier zu sein – noch dazu mit der Asche ihres Vaters. Ihr Herz war gleichsam schwer wie auch leicht. In wenigen Augenblicken würde sie ihre Liebste wiedersehen!

Sie glitt von ihrem Pferd und stürmte regelrecht ins Schloss. Am Eingang wurde sie von einem der Hausangestellten ehrerbietig begrüßt, bevor er sie in den grünen Salon bat. Dort würde die Königin sie erwarten. Der Diener hatte seinen Satz noch nicht ganz beendet, als Neveflora bereits den Gang entlang eilte.

Aufgeregt öffnete sie die Tür und verharrte erst einmal im Türrahmen. Agnes-Maria hatte sich, bei dem Geräusch der sich öffnenden Tür, aus ihrem Sessel erhoben und sah sie mit ihren wundervollen dunkelgrünen Augen erwartungsvoll an. Ihre grünen Haare hingen ihr offen bis zur Hüfte den Rücken hinab. Das schwarze Kleid war hochgeschlossen und nicht figurbetont. Dennoch war es für Neveflora der schönste Anblick seit sehr langer Zeit. Kurz sah sie sich um. Nachdem sie sich vergewissert hatte, dass außer der Wiege mit einem Baby niemand im Raum war, drückte sie sorgfältig die Tür zu. Mit wenigen, schnellen Schritten überwand sie die Distanz zu ihrer Geliebten und schloss sie überglücklich in die Arme. Während sie sich leidenschaftlich küssten, existierte nichts anderes mehr.

Nach einiger Zeit, in der die beiden Frauen nur Augen für sich hatten, lösten sie sich voneinander.

»Bitte setz dich«, bat Agnes-Maria ihre Geliebte. »Ich habe extra Tee und Kuchen auftischen lassen.« Sie deutete auf den Tisch, der von drei bequemen Sesseln umstanden war.

Mit einem Grinsen schob Neveflora einen der gepolsterten Stühle dicht an einen anderen heran. »Sonst sitzen wir ja so ewig weit voneinander entfernt«, kommentierte sie ihr Tun.

Die Königin lächelte, dann setzten sich die Frauen in die Sessel und tauschten sich über alles aus, was in den vergangenen Monaten, seit sie sich das letzte Mal gesehen hatten, geschehen war. Natürlich bewunderte sie auch ihren kleinen Bruder und versuchte, in seinem Gesicht etwas Vertrautes von ihrem Vater zu finden.

Dann erzählte Neveflora begeistert von der Idee, die Hubertus hatte. Nachdenklich hörte sich Agnes-Maria den Plan an. Die Dämmerung brach schon herein, da waren die Beiden noch immer in ihr Gespräch vertieft. Zwischendurch hatte Agnes-Maria ihren Sohn gestillt. Niemand hatte es gewagt, sie zu stören.

Greta war es schließlich, die an die Tür klopfte und ihre beiden Königinnen fragte, ob sie zum Essen kommen wollten. Am liebsten hätten sie ihr Mahl in trauter Zweisamkeit eingenommen. Doch sie wussten, von ihnen wurde erwartet, dass sie das Abendmahl im großen Saal einnahmen, weshalb sie der Gesellschafterin schließlich folgten.

Bereits am nächsten Tag fand die offizielle Trauerfeier und Urnenbeisetzung von König Emmerich Quasebarth IV. statt. Die königliche Witwe und Neveflora, Prinzessin von Kralac und Königin von Neve-Kralac saßen beide in der ersten Reihe und gaben sich gegenseitig Halt. Agnes-Maria hatte eine angemessene Feier arrangiert. Sämtliche Würdenträger und ein Großteil des Hochadels waren gekommen, um ihrem verstorbenen Regenten ihren Respekt zu erweisen. Auch König Frederic, Agnes-Marias Vater war mit seiner Gemahlin angereist, weshalb die beiden

Liebenden streng darauf achteten, sich nicht zu küssen und sich nur stützend und tröstend zu umarmen.

Hin und wieder verspürte Neveflora Lust, Agnes-Maria einfach vor aller Augen zu küssen. Nur der Gedanke daran, dass es sich um die Trauerfeierlichkeiten für ihren Vater handelte und sie sich zumindest für ein paar Trauermonate noch zurückhalten sollten, hinderte sie, ihre Sehnsucht in die Tat umzusetzen.

Die Tage nach der Trauerfeier waren angefüllt mit Pflichten, Empfängen, der Zusicherung von Bündnissen und ähnlichem. An manchen Tagen sahen sich die beiden Königinnen nur zum Essen oder bei offiziellen Besprechungen. Schließlich waren alle Verträge unterzeichnet, Agnes-Maria als Königin von Kralac und Neveflora als Monarchin von Neve-Kralac anerkannt. Nach und nach verließen die Abgesandten der umliegenden Königreiche und Adelshäuser das Schloss.

Wohlig seufzte Neveflora, die dicht an Agnes-Maria gedrängt im Bett der Königin lag.

»Am liebsten würde ich gar nicht aufstehen, aber ich fürchte, ich muss demnächst aufbrechen und meinem eigenen Königreich einen Besuch abstatten. Nach allem, was ich gehört habe, liegt dort sehr viel im Argen. Das muss ich, so gut es geht, ändern.«

»Es wäre ja auch zu schön gewesen, wenn wir einfach hätten zusammenbleiben können«, brummelte Agnes-Maria.

»Wenn das Trauerjahr um ist und ich wieder da bin, können wir heiraten, Kralac und Neve-Kralac wiedervereinen und dann beisammenbleiben.« Neveflora gab ihrer Geliebten einen Kuss. »Damit das passieren kann, musst du das Gesetz erlassen, das es jedem in diesem Land gestattet zu heiraten, wen er oder sie möchte. Vollkommen unabhängig von Volkszugehörigkeit und Geschlecht. Ich werde das gleiche machen, sobald ich meine Rundreise durch Neve-Kralac mache, damit es jeder zu hören bekommt.«

»Was glaubst du, was die ganzen Berater und die Adligen dazu sagen werden?« Agnes-Maria war noch nicht überzeugt davon, dass es tatsächlich funktionieren konnte.

»Du bist die Königin! Wenn du das Gesetz erlässt, können die gar nichts dagegen tun. Ich bin mir sicher, Hubertus wird mit gutem Beispiel vorangehen und Luitgart um ihre Hand bitten. Sobald sie ja sagt, kann die Hochzeit recht groß gefeiert werden. Wenn jemand den Anfang macht, ziehen andere nach. Irgendwann wird es dann ganz normal sein. Selbst deine Greta hat sich inzwischen damit abgefunden, dass wir beide zusammengehören, nachdem wir es nicht mehr vor ihr verbergen konnten.«

Die kralacsche Königin wiegte den Kopf hin und her. »Greta liebt mich und will nur das Beste für mich. Dass ein Mensch eine Zwergin heiratet ist eine Sache. Aber eine gleichgeschlechtliche Ehe? Meine Güte, ich wurde wegen so einer Liebelei vom Hof meines Vaters mehr oder weniger verbannt. Wenn die Adligen Sturm laufen, kann ich dem womöglich nicht standhalten. Mit der Begründung, dass ich selbst eine Frau heiraten will, schon zweimal nicht.«

»Mmmmh, da hast du nicht ganz unrecht«, überlegte Neveflora. Dann hellte sich ihr Gesicht auf. »Ich werde mit Roland und Bernhard reden. Also Graf Roland von der Ginsterheide und Baron Bernhard vom Hartriegelwald. Die zwei sind schon lange ein Paar. Natürlich nur inoffiziell. Aber, wenn die zwei heiraten dürfen, machen die das sicher sofort. Oder zumindest so schnell sie eine angemessene Feier ausrichten können. Wenn erstmal zwei adelige Männer geheiratet haben, kannst du das Gesetz eh nicht mehr rückgängig machen.«

»Graf Roland und Baron Bernhard sind ... ehrlich? Das hätte ich nicht gedacht«, wunderte sich Agnes-Maria.

»Die zwei waren immer sehr vorsichtig, aber nicht so achtsam, dass ich es nicht bemerkt hätte«, Neveflora kicherte. »Wenn man es erstmal gewusst, oder zumindest vermutet hat, wurde das sehr schnell offensichtlich. Also, wollen wir es wagen? Wir können uns gleich an einen Entwurf setzen, den wir dann wortgleich in unseren Ländern erlassen. Außerdem – durch unsere Hochzeit werden die beiden Kralacs wiedervereint. Dann können die verbohrten Ewiggestrigen immer noch so tun, als würden wir nur zum Wohle des Landes heiraten.«

Jetzt hatte auch Agnes-Maria ein belustigtes Funkeln in den Augen. »Lass es uns angehen!«

Bereits zwei Tage später verkündete Königin Agnes-Maria das neue Gesetz. Wie von ihr befürchtet, war das Gezeter zunächst groß. Neveflora hatte jedoch schon am Tag vorher mit Graf Roland und Baron Bernhard gesprochen. Als nun der Tumult am größten war, stand der Graf von seinem Sitz auf und begab sich zur Raummitte. Dort klatschte er mehrfach in die Hände, um auf sich aufmerksam zu machen. Nach und nach kehrte Ruhe ein.

»Verehrte Königin Agnes-Maria, verehrte Königin Neveflora. Ich habe das neue Gesetz gehört und daher möchte ich hiermit ganz offiziell ...«, er drehte sich theatralisch zu Baron Bernhard um, dann ließ er sich auf ein Knie nieder, bevor er weitersprach: »... dich, lieber Baron Bernhard vom Hartriegelwald, fragen, ob du mein Ehemann werden möchtest.«

Nach diesen Worten breitete sich erstaunte Stille aus, in der das »Ja, ich will«, des Barons unnatürlich laut wirkte. Erst ging ein Raunen durch den Raum, dann wurden die Stimmen wieder lauter. Ein Teil der Versammlung klatschte laut Beifall und gratulierte den beiden Männern. Ein anderer Teil echauffierte sich weiterhin über das Gesetz.

»Jeder der hier Anwesenden, der uns unser Glück gönnt, ist herzlich zur Hochzeitsfeier heute in zwei Wochen auf Burg Ginsterheide eingeladen«, rief der

214

Graf, bevor er zu seinem Verlobten ging und ihn vor aller Augen leidenschaftlich auf den Mund küsste. Damit hatte auch der Letzte verstanden, dass dies nicht nur ein Possenspiel war, um auf das neue Gesetz zu reagieren. Nach dieser Ankündigung und dem Kuss, beeilten sich weitere Adlige, den zwei Männern zu gratulieren. Schließlich wollte niemand von dem Fest ausgeschlossen werden.

»Bis zur Hochzeit der beiden bleibe ich noch, dann muss ich dringend nach meinem eigenen Land sehen«, flüsterte Neveflora Agnes-Maria zu. Die strahlte wie die Sonne selbst, nachdem diese Hürde genommen war.

In der Woche vor der Adelshochzeit fand die Vermählung von Hubertus und Luitgart statt. Agnes-Maria und Neveflora hatten darauf bestanden, dass die Feier im Schloss stattfand. Ägidius war zwar dagegen gewesen, doch die Braut war von der Idee so entzückt, dass der alte Schmied sich fügen musste.

Zum ersten Mal, seit Neveflora die Zwergin kannte, sah sie diese am Hochzeitstag in einem Kleid. Auf ihren langen Dolch an der Seite hatte die Braut allerdings nicht verzichten wollen. Die in den Bart eingeflochtenen weißen Bänder waren für die meisten ein gewöhnungsbedürftiger Anblick. Die Königinnen dagegen waren hellauf begeistert von dieser Erscheinung.

Im Laufe des Abends war ein zierlicher Elf auffallend oft in der Nähe von Balduin zu sehen, was Neveflora ein Lächeln entlockte. Sie hatte durchaus mitbekommen, dass der Zwerg öfter alleine im Wald unterwegs war, jetzt wusste sie auch weshalb.

Graf Roland und Baron Bernhard wirkten beinahe wie aneinander festgewachsen. Während der gesamten Feier gab es sie nur zu zweit zu sehen, immer begierig, jedes Detail des Festes zu begutachten, was sie davon bei ihrer Hochzeit übernehmen wollten.

Am nächsten Tag waren sich alle einig, dass es ein wundervolles Fest gewesen war. Da auch die Bediensteten gut gegessen und getrunken hatten, sprach sich der Anlass des Festes schnell herum. Zur großen Freude von Königin Agnes-Maria fand das Gesetz auch bei der Bevölkerung sehr viel Anklang.

Kapitel 23

Nachdem sich ein paar Tage später Graf Roland und Baron Bernhard vermählt hatten, war es für Neveflora Zeit Abschied von ihrer Geliebten zu nehmen.

Die Pflicht rief, und damit auch ihre eigene, offizielle Krönung zur Königin von Neve-Kralac. Auf dem Weg zu ihrem neuen Domizil würde sie die erste Hälfte ihres neuen Reiches besuchen. Danach die andere Hälfte, damit ihre Untertanen ihre Königin persönlich kennenlernten. Auf ihrer Reise verzichtete sie nicht auf ein paar kralacsche Soldaten. Auf die konnte sie sich wenigstens verlassen. Die würden sie beschützen, sollte es Probleme geben.

Staatsoberhaupt von Neve-Kralac zu sein war weitaus beschwerlicher, als Neveflora gedacht hatte. Sie war davon ausgegangen, dass die Bevölkerung sie unterstützen würde, da sie den Dämon besiegt hatte. Sie lernte jedoch schnell, dass die Männer ihres Königreichs so sehr daran gewöhnt waren, dass Frauen kaum mehr als willige Sklavinnen zu sein hatten, dass sie nicht bereit waren, sie als Oberhaupt anzuerkennen. Zwar sprachen sie sie ehrerbietig als

Königin und Eure Majestät an, aber das war nur ein Name. Die damit verbundene Macht wollten sie ihr nicht zugestehen. Gesetze, die sie erließ wurden nicht verkündet oder in abgeänderter Form kundgetan. Jeder der insgesamt zwölf Hauptmänner des Landes gab ihr zu verstehen, dass er sie nur unterstützen würde, wenn sie ihn heiraten und zum König ausrufen würde. Bei den Frauen stieß sie zwar auf offene Ohren, doch war die weibliche Bevölkerung über die Jahrzehnte so unterdrückt worden, dass es ihnen schwerfiel, Neveflora und ihren Versprechungen der Gleichberechtigung zu glauben.

Nach einem Monat saß die Königin unglücklich im Garten ihres Schlosses und wollte sich gerade mit Timodäus beratschlagen, als sie ein Rascheln und leise Schritte aus dem Park hörte. Nachdem ihr drei Tage zuvor einer der Hauptmänner recht offen gedroht hatte, sie zu beseitigen, wenn sie ihn nicht heiraten wollte, war Neveflora nicht mehr ohne Donnerhall und Messer unterwegs. Selbst im Schloss oder bei Nacht trug sie inzwischen stets eine Waffe. Sie horchte auf die sich nähernden Schritte, während sie leise ihr Schwert aus der Scheide zog und neben sich legte. Die Hand behielt sie am Griff. In die andere Hand nahm sie einen Dolch. So gewappnet wartete sie nach außen hin ruhig ab, während das Herz in ihrer Brust galoppierte.

Sie staunte nicht schlecht, als drei Frauen auf sie zukamen. Die zwei älteren hatten dicke Narben im Gesicht, wie so viele in Neve-Kralac. Die drei knicksten vor ihrer Königin, dann wisperte die Älteste: »Seid Ihr alleine, Majestät?«

Neveflora war sich nicht sicher, was sie antworten sollte. Würden die drei sie angreifen, wenn sie die Frage bejahte? Was würde geschehen, wenn sie verneinte? Ihre Klinge flüsterte ihr zu, dass von den Besucherinnen keine Gefahr ausgehe. Daher beschloss sie, dem Schwert zu vertrauen und nickte stumm zur Antwort.

»Euer Majestät«, begann nun die Jüngste zu sprechen. »Wir haben Eure Bemühungen mitbekommen, die Stellung der Frauen in Ukur – Verzeihung – Neve-Kralac zu stärken. Aber auch gehört, was die Männer, denen Ihr die Aufträge gegeben habt, daraus gemacht haben. Oftmals ist dabei genau das Gegenteil dessen herausgekommen, was Ihr beabsichtigt hattet.«

»Woher wisst ihr ...?«, begann Neveflora erstaunt, wurde aber sofort von der Frau unterbrochen.

»Bitte leise, Euer Majestät!« Sie sah sich um. Nachdem sie keine Bewegung feststellen konnte, sprach sie mit kaum vernehmbarer Stimme weiter. »Es gibt schon lange den Orden der Kräuterhexen. Wir sind nicht alle kräuterkundig, sondern haben uns im Andenken an die weise Sieglinde so genannt. Ich nehme an, dieser Name ist Euch bekannt?«

Erneut nickte Neveflora stumm.

»Gut. Es dürfen nur Frauen Mitglieder des Ordens werden. Im Geheimen haben wir uns gegenseitig lesen und schreiben beigebracht. Besser als es die Mädchen von den Dorfältesten gelehrt bekommen. Zusätzlich haben wir unser gesamtes Wissen über die Heilkunde weitergeben. Außerdem hat ein Teil unseres Ordens regelmäßig das Kämpfen geübt.«

Während der Erzählung begannen die Augen der Königin zu leuchten. Sie fragte sich, was die Ordensfrauen für sie tun konnten. Gespannt hörte sie weiter zu.

»Da die Männer uns für dumm und unfähig halten, haben sie sich nicht einmal bemüht, ihre schändlichen Änderungen der Gesetze vor den Frauen zu verbergen. Sie ließen sich von ihnen bedienen, während sie die Erlasse umschrieben. Ein Teil der Mägde gehört zum Orden, so haben wir Kenntnis von dem unrechten Tun erlangt. Außerdem haben wir erfahren, dass die zwölf Hauptmänner gerade im Geheimen Duelle miteinander ausfechten. Wer der beste Kämpfer von ihnen ist, wird als neuer König ausgerufen, nachdem sie Euch getötet haben. Natürlich werden danach sofort all Eure Gesetze wieder umgeschrieben. Schließlich soll alles beim Alten bleiben.« Angewidert verzog die Frau ihr Gesicht.

Auf diese Mitteilung hin überlegte Neveflora, wie sie die mitgebrachten Soldaten aus Kralac einsetzen konnte, um sich möglichst effektiv zu schützen. Sollte sie die Hauptmänner in den Kerker werfen? Aber bisher hatten die sich offiziell nichts zuschulden kommen lassen. Wie sollte sie also deren Einkerkerung begründen? Die älteste der Frauen unterbrach ihre Gedanken.

»Wir sind hier als Gesandte des Ordens der Kräuterhexen und durch die Mitgliederversammlung befugt, Euch unsere Hilfe anzubieten.«

Überrascht, aber auch erfreut blickte Neveflora die drei Frauen an. »Ich möchte das Angebot des Ordens sehr gerne in Anspruch nehmen. Aber wie habt ihr euch das genau vorgestellt?«

Die drei Frauen sahen sich etwas unbehaglich an, dann nahm die Jüngste ihren Mut zusammen und sprach: »Wir könnten Euch genügend Kämpferinnen zur Seite stellen, dass Ihr eine weibliche Leibgarde hättet. Wenn Ihr außerdem zwei oder drei Ordensangehörige zu Ministerinnen ernennen würdet, die die Aufgabe haben, Eure Erlasse zu vervielfältigen und zu verkünden, so wäre gewährleistet, dass auch tatsächlich Eure Worte verbreitet werden und nicht die der Hauptmänner. Außerdem empfehle ich dringend, den Koch und den Leibdiener durch Frauen des Ordens zu ersetzen. Wir wissen, dass das sehr viel verlangt ist. Aber so könnten wir Euch schützen und auch besser unterstützen.« Die Frau verstummte und wich erschrocken zurück, als die Königin aufsprang und auf sie zukam. Dann entwich ihr ein nur mühsam unterdrückter Schrei, als sie von Neveflora umarmt wurde.

Die Königin nahm auch die anderen beiden Frauen kurz in den Arm, bevor sie das Wort ergriff.

»Danke! Ich danke euch vielmals, für euer Vertrauen und für diese guten Nachrichten. Ich war wirklich am

Verzweifeln, weil ich nicht wusste, wie ich unser Land regieren und für alle besser machen soll, wenn ich keinerlei Unterstützung habe. Aber jetzt habe ich wieder Hoffnung, dass es zu schaffen ist – gemeinsam.«

Während die Frauen noch sichtlich gerührt überlegten, was sie darauf antworten sollten, sprach Neveflora bereits weiter: »Ich denke, die weibliche Leibgarde ist für den Moment das Wichtigste. Später soll es auf Dauer auch in den Garnisonen Soldatinnen geben. Wenn einer Frau in Neve-Kralac Unrecht widerfährt, soll sie sich an eine Frau bei der Wache wenden können. Zum einen wird diese mehr Verständnis für die Probleme der Anzeigenden haben als ein Mann. Zum anderen wird so die weibliche Position in Neve-Kralac insgesamt gestärkt. Dann sehen die Frauen, dass die Gleichberechtigung nicht nur auf dem Papier steht.«

Die mittlere der Ordensangehörigen trat jetzt ein Stück näher zu Neveflora und salutierte.

»Mechthild, Kämpferin beim Orden der Kräuterhexen. Wenn Ihr gestattet, Majestät, würde ich sofort mit der ersten Wache anfangen. Meine Ordensschwestern hier werden drei weiteren Kämpferinnen Bescheid sagen, die mit mir gemeinsam über Euer Wohl wachen werden.«

»Sehr gerne, Mechthild. Die genauen Bedingungen, den Sold und was sonst noch geregelt werden muss, können wir dann im Laufe der Woche festlegen, wenn es dir recht ist.« Neveflora wandte sich den anderen beiden Frauen zu. »Wäre es für die Ordensschwestern vertretbar, wenn wir morgen nach dem Frühstück das weitere, gemeinsame Vorgehen besprechen?«

Die zwei Angesprochenen nickten, dann zogen sie sich leise zurück. Nachdem sie nicht mehr zu sehen oder zu hören war, sahen sich die Königin und ihre Leibwächterin kurz in die Augen, bevor sie gemeinsam ins Schloss gingen.

Durch die Hilfe der Kräuterhexen wurden die Gesetzesänderungen so verkündet, wie von Neveflora vorgegeben. Da ein Teil der Ordensschwestern verheiratet waren und Kinder hatten, bekam die Königin nach und nach auch die Unterstützung der Bevölkerung. Die Hauptmänner mussten zähneknirschend zusehen, wie ihr Staatsoberhaupt in den Städten und Dörfern, die sie bereiste, jubelnd empfangen wurde.

Besonders schwer zu verdauen war für sie, dass Kommandantin Mechthild als Leiterin der Königlichen Leibwache im Rang über ihnen stand. Die Alternative, sich von der Armee zu verabschieden, wollten sie jedoch nicht in Anspruch nehmen.

Zwischenzeitlich war beinahe ein Jahr vergangen. Das Land fing an aufzublühen, der Ertrag der Felder war deutlich höher, als noch im Jahr zuvor und an den Grenzen zu Kralac fanden regelmäßig kleine Märkte statt, bei denen sich die Bewohner der beiden Länder immer entspannter gegenüberstanden, ins Gespräch kamen und schließlich regen Handel betrieben.

Königin Neveflora war am Abend zuvor von einer Reise durchs Land zurückgekommen und bat Kommandantin Mechthild, mit ihr zu frühstücken. Das war inzwischen zu einem lieb gewonnenen Ritual geworden, so dass die Leibwächterin entspannt am Tisch saß und mit gutem Appetit aß.

»Mechthild, ich muss etwas mit dir bereden«, fing die Königin an, nachdem sie ein großes Stück Brot mit Honig gegessen hatte. »Du erinnerst dich doch noch an das Gesetz, das es jedem in Neve-Kralac erlaubt, eine andere Person zu heiraten, egal welchem Volk oder Geschlecht diese angehört?«

Die Angesprochene nickte mit vollem Mund. »War einsch von den erschten.« Nachdem sie geschluckt hatte, ergänzte sie: »War unserer Ordensleiterin sehr recht, so konnte sie ihre langjährige Geliebte heiraten. Die zwei sind Euch heute noch dankbar dafür. Ihr wollt das doch hoffentlich jetzt nicht widerrufen?«, setzte sie alarmiert hinzu.

»Ganz sicher nicht«, lachte Neveflora. »Nein, das Gesetz wurde in Kralac und in Neve-Kralac mit gleichem Wortlaut erlassen – aus gutem Grund.« Sie räusperte sich. »Ich liebe Königin Agnes-Maria, schon seit ich sie das erste Mal sah. Ich sehne mich nach ihr. Zwar konnte ich während des Jahres ein paar sogenannte Staatsbesuche machen, aber das reicht mir nicht, ich möchte sie immer um mich haben.«

Mechthild schmunzelte bei dieser Offenbarung nur.

»Du scheinst nicht überrascht zu sein?«, fragte Neveflora nach.

»Ich bin Eure Leibwächterin, für mich war es kaum zu übersehen, dass Ihr bis über beide Ohren verliebt in die Königin seid – sie übrigens auch in Euch«, erwiderte die Kommandantin, noch immer lächelnd.

»Dann dürfte es dich nicht überraschen, dass wir heiraten wollen. Damit würden wir dann auch Kralac und Neve-Kralac wieder vereinen. Was denkst du, was die Bevölkerung von Neve-Kralac dazu sagen wird? Ihr wart so lange von Kralac getrennt. Wird das Probleme mit sich bringen?« Die Königin hielt vor Anspannung den Atem an.

»Es wird hier wie dort ein paar Ewiggestrige geben, die das äußerst misstrauisch beäugen werden. Aber die Mehrheit der Leute wird entweder nichts dagegen haben oder sogar glücklich darüber sein. Immerhin wäre damit ein Krieg zwischen Kralac und Neve-Kralac endgültig vom Tisch und der Frieden gesichert.« Mechthild zuckte bei diesen Worten mit den Schultern.

Erleichtert stieß Neveflora die angehaltene Luft aus und atmete tief durch. »Dass jeder vollständig begeistert ist, habe ich auch nicht angenommen. Aber wenn du denkst, dass uns keine größeren Steine in den Weg gelegt werden, bin ich beruhigt. Was das mit dem Krieg angeht – es war doch ohnehin klar, dass ich nicht beabsichtige, Kralac anzugreifen.«

»Schon«, stimmte die Kommandantin zu. »Allerdings gab es immer wieder Stimmen, die von einem Vergeltungsschlag der kralacschen Armee faselten. Aber das ist dann ja auch endgültig vom Tisch.« Sie nahm ihre Teetasse in die Hand und prostete ihrer Königin zu. »Auf ein vereintes Kralac und eine glückliche Ehe unserer Königinnen!«

Zum ersten Todestag ihres Vaters reiste Neveflora zum kralacschen Königsschloss. Agnes-Maria hatte eine angemessene Feier ausgerichtet, zu der auch viele Würdenträger des Landes und der angrenzenden Königreiche angereist waren. Sie hatte die Gäste ausdrücklich dazu angehalten, noch im Palast oder der umliegenden Gasthäuser zu übernachten und ein gemeinsames, ausgiebiges Frühstück im Schloss einzunehmen. Die Aussicht auf eine üppige Stärkung vor der Heimreise hatte die meisten dazu bewogen, tatsächlich bis zum nächsten Morgen zu bleiben. Selbst Adelige, die keine weite Anreise hatten, entschlossen sich, das Angebot anzunehmen.

Nach und nach fanden sich die Gäste zum Frühstück im Speisesaal ein. Dass der Boden des erhöhten Podests, auf dem sonst Gaukler und Musiker für Unterhaltung sorgten, teilweise mit Fellen bedeckt war, fiel niemandem auf. Einigen der Anwesenden machte sichtlich der hohe Alkoholkonsum vom Vorabend zu schaffen. Schließlich saßen alle an den mit Blumen geschmückten Tischen. Nachdem sich

Kommandantin Mechthild davon überzeugt hatte, dass alle friedlich ihre Plätze eingenommen hatten, trat sie durch eine Tür in einen Nebenraum, in dem die zwei Königinnen warteten. Beide hatten die Trauerkleidung vom Vortag abgelegt. Neveflora hatte sich für eine cremefarbene, Agnes-Maria für eine lindgrüne Robe entschieden. Dazu trugen sie zum Zeichen ihres Standes Diademe im aufwändig frisierten Haar. Greta legte noch einmal Hand an, damit auch jedes Haar und jede Kleiderfalte richtig lag.

»Eure königlichen Hoheiten, die Gäste sind vollzählig versammelt. Ihr dürft die Würdenträger jetzt schockieren«, intonierte Mechthild feierlich, konnte sich dann aber ein Grinsen nicht verkneifen.

Die Angesprochenen grinsten ebenfalls kurz, dann setzten sie ernste Gesichter auf und schritten Hand in Hand in den Speisesaal. Dort angekommen gingen sie jedoch nicht zu ihren Plätzen, sondern begaben sich direkt auf das Podest. Während sich beide Königinnen vor einander jeweils auf ein Knie sinken ließen, ging ein Raunen durch die Gäste.

»Neveflora, Königin von Neve-Kralac, möchtest du, im Einklang mit den geltenden Gesetzen Kralacs meine Ehefrau und Königin-Gemahlin von Kralac werden?«, fragte Agnes-Maria so laut und deutlich, dass es jeder im Saal hören musste.

»Ja, ich will!«, antwortete ihre Verlobte. »Möchtest du, Agnes-Maria, Königin von Kralac, im Einklang mit den geltenden Gesetzen Neve-Kralacs meine Ehefrau und Königin-Gemahlin von Neve-Kralac werden?«

»Ja, ich will!«, stimmte die Gefragte Nevefloras Frage zu.

Die beiden Frauen erhoben sich zeitgleich mit König Frederic von Marlanda, Agnes-Marias Vater.

»Was denkt ihr zwei euch eigentlich bei dieser Farce? Meine Tochter! Ich dachte, du seiest erwachsen geworden. Aber da habe ich mich wohl getäuscht!« Er straffte sich, das Gesicht noch immer rot vor Wut. »Eine solche Hochzeit kommt gar nicht in Frage. Ich, als dein Vater, werde dir einen passenden Ehemann suchen und auch gleich einen für Neveflora. Frauen sind nicht dazu geschaffen, ein Land zu regieren. Setzt euch an den Tisch und wir vergessen das Ganze.«

Bevor Agnes-Maria reagieren konnte, wandte sich Neveflora deren Vater zu.

»König Frederic. Es ist mir wohlbekannt, dass Ihr Frauen als nicht ganz zurechnungsfähig anseht. Doch ich habe mein Königreich durch einen Kampf mit einem Dämon rechtmäßig erworben. Ebenso wurde Agnes-Maria letztes Jahr zur Regentin von Kralac gekrönt. Wir sind beide keine unmündigen Kinder! Wir haben im vergangenen Jahr hinreichend bewiesen, dass wir sehr wohl in der Lage sind, unsere Länder zu regieren. Die Verlobung und baldige Vermählung steht im Einklang mit den hier und in Neve-Kralac geltenden Gesetzen. Wir sind beide mündig und selbst in der Lage, unsere Ehepartner zu wählen.« Sie machte eine kurze

Pause. »Ich verlange nicht, dass Ihr das hiesige Recht auch in Eurem Land umsetzt. Aber ich erwarte, dass Ihr die hier geltenden Gesetze respektiert und unsere Eheschließung akzeptiert, wenn Ihr Euch schon nicht dazu durchringen könnt, uns Euren Segen zu geben.«

Der König von Marlanda war während dieser Rede dunkelrot angelaufen und stand sichtlich kurz vor einem heftigen Gefühlsausbruch.

Bevor er etwas erwidern konnte, fingen Graf Roland und Baron Bernhard an zu klatschen und skandierten »Hoch leben unsere Königinnen. Glückwunsch zur Verlobung!«

Kommandantin Mechthild, Hubertus und Dwarf-Inc., die ebenfalls zugegen waren, fielen in die Beifallsbekundungen mit ein. So ermutigt, oder auch nur von der Begeisterung angesteckt, klatschten schließlich fast alle Anwesenden. König Frederic bemerkte rasch, dass er gegen den allgemeinen Tumult nicht ankam und verließ den Speisesaal mit noch immer hochrotem Kopf. Agnes-Maria wollte ihm hinterherlaufen, wurde jedoch von Neveflora aufgehalten.

»Lass ihn, Liebste. Du kannst ihn nicht umstimmen. Eher riskierst du, dass er dich entführt. Es ist bedauerlich, dass er sich nicht mit uns freuen kann, aber einen Krieg wird er deswegen wohl nicht gleich anzetteln. Vielleicht können wir nach der Hochzeit auf diplomatischem Weg etwas erreichen. Jetzt sollten wir unsere Verlobung gebührend feiern, wir haben schließlich lange genug darauf gewartet.«

Mühsam schluckte Agnes-Maria ihre Tränen hinunter und nickte Neveflora zu. »Du hast recht, so leid mir das auch tut.« Sie lächelte, nahm erneut die Hand ihrer Geliebten und sie gaben sich endlich ihren ersten öffentlichen Kuss. Laute Jubelrufe begleiteten sie zu den thronähnlichen Stühlen am Kopfende der größten Tafel, wo sie sich niederließen.

Danach feierten sie mit ihren Freunden und Unterstützern ihre Verlobung.

Drei Monate später fand die prachtvolle Vermählung der Königinnen statt.

Die wurde zuerst im Schloss in Kralac gefeiert. Anschließend reiste ein großer Tross nach Neve-Kralac, um im dortigen Palast nochmals die Hochzeit zu zelebrieren. So hatten sehr viele Untertanen die Möglichkeit, ihren Königinnen zuzujubeln.

Zwei weitere Monate später wurde offiziell die Wiedervereinigung von Kralac und Neve-Kralac gefeiert.

So lebten die Königinnen glücklich und zufrieden in einem geeinten Land und erzogen den Thronfolger zu einem weltoffenen, wissbegierigen und gerechten jungen Mann und zukünftigen König von Kralac.

Danksagung

Auch zum Abschluss dieses Buchs möchte ich es nicht versäumen, all jenen zu danken, ohne die dieses Projekt nicht möglich gewesen wäre.

Meinen Eltern dafür, dass sie meine Leidenschaft für Bücher von Kindesbeinen an gefördert haben, insbesondere meiner Mutter für ihre wundervolle Unterstützung, Werbung und das Korrektorat.

Meinem Ehemann Manfred Polz für seine großartige Unterstützung, den Scherenschnitt sowie das flammende Auge.

Meinen Betalesern und geschätzten Autorenkollegen (in alphabetischer Reihenfolge): Gianna Bernstein, Julia Karamell, Sascha Raubal, Marie und Juliane Seidel für ihre hilfreichen Kommentare und konstruktive Kritik.
Schaut doch mal auf deren Seiten vorbei – die Links findet ihr ein paar Seiten weiter bei den Buchvorstellungen.

Meiner Lektorin Petra Schmidt für ihre konstruktiven Änderungsvorschläge und das Ausmerzen von kleinen Logikfehlern und ähnlichem.

Meinem Coverdesigner Renee von Dream Design - cover and art für das tolle Cover, die Lesezeichen ... und für die – wie immer – wundervolle Zusammenarbeit.

Natürlich gebührt mein Dank vor allem auch allen Lesern und Leserinnen. Ohne euch und eure Rückmeldungen würde es dieses Buch nicht geben.

Über ein paar Sterne auf den üblichen Plattformen sowie Rezensionen zu dem Buch würde ich mich sehr freuen.

Schaut doch auch gerne auf meiner Webseite unter www.autorin-susanne-eisele.de vorbei.

Namesgebung:

Falls ihr euch über den Kosenamen »Schneeblume« der Zwerge für Neveflora gewundert habt. Neve ist das portugiesische Wort für Schnee, Flora das portugiesische Wort für Blume. Daher auch der Eiskristall als »Schneeblume« unter den Kapiteln von Neveflora.

Als ich anfing »Neveflora« zu schreiben, standen die Namen der Nebenfiguren noch nicht fest. Auf meinem facebook-Account bat ich um Vorschläge. Zwei wundervolle Frauen haben mich dahingehend unterstützt. Deshalb geht mein besonderer Dank an die Namenspatinnen des Königs, der Königinnen, des Gelehrten im Spiegel und der sieben Zwerge: meine »Schwester im Geiste« Lilith Ursula Stöcker und Tanja Mandelt. Des Weiteren danke ich Jörg Quasebarth, dass er seinen Nachnamen für Kralacs Königshaus zur Verfügung stellte.

Weitere Bücher der Autorin Susanne Eisele

Nachbarschaftshilfe: Ein Vampir- und Werwolfkrimi
ISBN-13: 978-1495493584

Seit langem ist der Graben zwischen der Vampir- und der Wer-
wolfstadt tiefer als der Fluss, der die beiden Städte trennt. Kein
Vampir betritt das Gebiet der Werwölfe und ebenso anders herum.
Ein Vampir jedoch geht in das andere Gebiet und ermordet Werwölfe. So wie ein Werwolf Vampire auf deren Gebiet ermordet.
Jetzt heißt es für die Sheriffs der beiden Clans zusammenzuarbei-
ten und den jeweiligen Nachbarn zu unterstützen, um den Mör-
dern auf die blutige Spur zu kommen und weiteres Unheil zu verhindern.

Kinderspiel: Ein Vampir- und Werwolfkrimi Band 2
ISBN-13: 978-1508676676

Seit eine mehrere Monate zurückliegende Mordserie aufgeklärt
wurde, ist es ruhig geworden in den benachbarten Kleinstädten
Whitehall und Whitewell. Ein guter Zeitpunkt für die Sheriffs
dieser beiden Städte, gemeinsam in Urlaub zu fahren. Doch kaum
sind sie abgereist, ereignen sich mysteriöse Diebstähle. Während
die ohnehin schon komplizierten Suche nach den Tätern läuft,
kommt auch noch eine Kindesentführung hinzu. Jetzt ist das
ganze Geschick und die Zusammenarbeit der Deputies beider
Städte gefragt. Wird es ihnen gelingen, das Kind aus den Händen
der Entführer zu befreien?
Band 2 zu dem Vampir- und Werwolfkrimi: Nachbarschaftshilfe

Kein Schnee im Hexenhaus
ISBN-13: 978-1541388475

Hansjörg und Margarete verlaufen sich im Wald. Dort werden sie
von der Polizei aufgegriffen und von den Eltern wegen ihres
wiederholten Drogenkonsums in ein Erziehungsheim geschickt.
Man bringt sie zu einem kleinen Häuschen, weit, weit weg von der
Stadt. Sie denken sich dabei nichts Böses. Eigentlich nur an eine
baldige Flucht. Doch dies stellt sich als unmöglich heraus. Denn
das Haus hält nicht nur eine waschechte Hexe, seltsame Wesen
und giftige Pflanzen für sie bereit. Für Hansjörg und Margarete
wird dieser Trip die entscheidende Lektion ihres Lebens.
Hänsel und Gretel einmal anders: In "Kein Schnee im Hexenhaus"
spinnt die Autorin Susanne Eisele das bekannte Märchen der
Brüder Grimm ganz neu und setzt sich dabei mit Sucht und Reali-
tätsverlust auseinander.

Das erste Lied
ISBN: 9783752848250

Schon seit frühester Jugend will Sänger und Gitarrist Florian
Müller ein erfolgreicher Musiker werden. Als ihm der berühmte
Produzent Dietmar Weiss einen Plattendeal anbietet, sieht er
seinen Traum zum Greifen nahe. Ohne lange zu überlegen, unter-
schreibt er den Vertrag.
Doch dann kommen ihm Zweifel. War es wirklich klug, die Rechte
an seinem Song so leichtfertig abzutreten? Was, wenn der Schla-
ger-Produzent seine Metal-Ballade vollkommen verhunzt? Fieber-
haft sucht Flo nach einem Ausweg – und dann tritt noch Sängerin
Mia in sein Leben ...
Rumpelstilzchen einmal anders: In „Das erste Lied" erzählt Autorin Susanne Eisele das bekannte Märchen der Brüder Grimm neu
und setzt sich dabei mit der Verlockung von schnellem Ruhm, den
Fallstricken der Musikindustrie und dem Zusammenhalt unter
Freunden auseinander.

Susannes Kurzgeschichten aus Raum und Zeit
ISBN: 9783748178255

Wird den Einhörnern ihre Mission gelingen?
Was hat ein Bergteufel mit einem Engel zu schaffen?
Welch düsteres Geheimnis wartet hinter den Mauern einer einsamen Burg?
Wird der Erwählte sein Volk vor dem Drachen beschützen können?
Mit einem Augenzwinkern erzählt die Autorin in dieser Anthologie galaktische Kurzgeschichten, die von Drachen, anderen fantastischen Wesen und fast normalen Menschen handeln.

Caballero Kater del Agua
(Machandel-Verlag)
ISBN: 978-3959592178

So pompös sein Name ist, so erbärmlich ist Caballero Kater del Aguas Leben. Erst das Eingreifen des Tierschutzes beschert ihm und seiner Tochter Mieze ein neues, besseres Zuhause bei Rosie. Die ist begeisterter Krimifan und schaut jeden Abend zusammen mit ihren Katzen Fernsehkrimis. So lange jedenfalls, bis sie selbst in ihrem eigenen Zuhause bedroht wird. Und der einzige Ritter, der in der Nähe weilt und sie retten könnte, läuft auf vier pelzigen Pfoten.

Anthologien mit Beiträgen von Susanne Eisele

Märchen aus 1001 Nacht Update 1.1:
Wer braucht schon einen Dschinn?
(Machandel-Verlag)
ISBN-13: 978-3959591041

Die schöne Scheherezade hat nicht nur dem Sultan den Kopf verdreht. Ihre Geschichten haben auch einen bleibenden Platz in der europäischen Märchenwelt gefunden.
Unsere Autoren haben natürlich eine eigene Meinung dazu. Was, wenn der Dschinn ein Alien ist? Oder Ali Baba als Tellerwäscher sein Glück finden muss? Kann Scheherezade nach Europa geflüchtet sein und der Sultan mit Anzug und Aktentasche spazierengehen?
Bekommt Sindbad ein Interview mit der "Times of India", und landet die Wunderlampe mangels Verwertbarkeit am Ende sogar noch auf dem Schrott?
Lassen Sie sich überraschen! So viel kann ich Ihnen verraten – nicht alle modernen Märchen enden glücklich, aber in einigen bekommt die Prinzessin am Ende doch ihren Prinzen.

The P-Files: Die Phönix Akten
(Talawah-Verlag)
ISBN-13: 978-3947550081

Warum nur ein Leben leben, wenn es auch tausend sein können? Das ist der Leitsatz des Phönix, der aus der Asche wiedergeboren wird und unsterblich ist. In 31 Kurzgeschichten rund um den brennendsten Vogel der Welt werdet ihr alles finden: Wahrheit und Wahnsinn, Evolution und Revolution, Abenteuer und Ungeheuer, Zauber und Zorn, Hoffnung und Verzweiflung, Magie und Märchen.
Die Phönix-Akten offenbaren wie Phönixe sterben und wiedergeboren werden, wie Menschen und Vögel leben, wie sie lustiges und grauenvolles erleben.

Es war einmal ... ganz anders
(Machandel-Verlag)
Märchenspinnerei Anthologie 1
ISBN: 9783959590754

Ein echtes Happy End ist harte Arbeit.
Die gute Fee Bridget weiß genau, an welchen Faktoren sie schrauben muss, um dem Königssohn zu seiner Traumhochzeit zu verhelfen. Schwieriger hat es da schon Arife, die als Muslima trotz ihrer herausragenden Leistungen nicht ins Schwimmteam darf, damit sie nicht aus Versehen mit deutschen Jungs in Berührung kommt. Während knallharte Mafiosi um unschuldige Kinder handeln und Prinzessinnen in der Suppenküche aushelfen, verschläft Dornröschen fast ihren Märchenprinzen und König Drosselbart fängt sogar einen Krieg an, um seine Schmach zu tilgen.
In dreizehn Kurzgeschichten verweben die Märchenspinnerinnen altbekannte Märchen mit zeitgenössischen Problemen und füllen fantasievolle Welten mit neuem Leben.

Drachenlachen – frech und fröhlich
(Machandel-Verlag)
ISBN: 978-3959591980

Anthologie Frech und fröhlich sind sie, die kleinen Drachen. Was keineswegs bedeutet, dass sie nur liebe, nette und harmlose Haustiere abgeben. Und noch weniger bedeutet es, dass sie einen Menschen als Herrn anerkennen. Als Partner, vielleicht. Als Freund, auch das ist möglich. Aber niemals als Herren. Der Drache, der einem Befehl so brav wie ein Hund folgt, muss erst noch geboren werden. Ach, Entschuldigung: aus dem Ei schlüpfen!

Die fünfte Welt – Midgard
(Legionarion-Verlag)

ISBN: 978-3969370704

In einer Welt voller Magie & Mythologie blicken die Götter gleichermaßen wohlwollend wie neidvoll auf die Menschen hinab. Als Midgard seinen Platz in der Esche Yggdrasill einnahm, verstrickte es sich tief in den Ränken der Schöpfung. Als Mittelpunkt und Durchgangspforte der Neun Welten entstand ein Ort, an dem sowohl Götter als auch Sterbliche Legenden webten. (...)
Dreizehn nordisch-mythologische Fantasygeschichten inspiriert von den Überlieferungen der Edda.

Wie ein bunter Traum – Kinderträume
Benefiz-Anthologie des Blogs „Like a dream"

ISBN: 978-3754379868

Ein Biss in ein Törtchen, der alles verändert. Eine Reise durchs Weltall, die dich zu dir selbst führt. Ein goldener Ritter, der nicht das ist, was er zu sein scheint. Unausgesprochene Worte, die sich in bunte Mäuse verwandeln ...
Traust du dich, dich auf diese und viele weitere fantastische Abenteuer einzulassen? In diesem Buch gibt es keine Grenzen – weder für deine Träume noch dafür, wer du bist oder wen du liebst.
Entdecke neun kunterbunte Geschichten, in denen Kinder in die Vergangenheit reisen, gegen Monster kämpfen und sich ihren Ängsten stellen, um zu zeigen, wer sie sind. Eine verträumte Anthologie für Leseratten ab 10 mit Geschichten jenseits aller Schubladen von Dima von Seelenburg, Ria Winter, Lydia Junker, Katharina Gerlach, Susanne Eisele, Lena M. Brand, Judith Vogt, Hanna Nolden und Juliane Seidel.

Es war einmal ... davor und danach
(Machandel-Verlag)
Märchenspinnerei Anthologie 2
ISBN: 978-3959593380

Es war einmal ... ein Happy End. Aber sind Märchen immer zu Ende erzählt? Was geschah mit Mathieu, als er den geheimnisvollen Meerjungfrauen aus „Meerschaum" folgte? Wie geht es mit Pegg und Marie und ihren Schneegeistern weiter fernab von „Hollerbrunn"? Und wie lebt es sich eigentlich „Im Bann der zertanzten Schuhe" als Prinz in dem geheimnisvollen Nachtclub? Erfahrt, was Tamara aus „Träume voller Schatten" nach Oz zieht, was Graf Levente von Sonnfried zu seinen Forschungen in „Myalig – gestohlenes Leben" antreibt, wie man in der vermüllten Welt von „Der tote Prinz" überleben kann – und vieles mehr. In zwölf Kurzgeschichten schlagen die Märchenspinner*innen eine neue Seite ihrer Adaptionen auf und verweben die Fäden von Zukunft und Vergangenheit zu neuen Abenteuern. Die Märchenspinnerei-Anthologie 2022.

Homepages und Bücher meiner lieben Testleser

Gianna Bernsteins Homepage findet ihr hier:
www.giannabernstein.de
Da ich alle Bücher von ihr gelesen habe, kann ich sagen, es lohnt sich für jeden Fantasy-Fan reinzuschauen.
Stellvertretend für ihre ganzen Bücher möchte ich auf
»Sonne, Mond und Sterne: Teil 1 - Der Suchende« hinweisen.
Klappentext: Seltsame Dinge geschehen in den Zwei Ländern. Brutale Überfälle versetzen das Volk in Angst und Schrecken, die geliebte Prinzessin des Reiches verschwindet spurlos, und im Norden wird Geflüster von Dämonen aus den Bergen laut. Die letzte Hoffnung des Königs ruht auf einem jungen Gelehrten, der als klügster Kopf seiner Zeit gilt und die beunruhigenden Vorfälle aufklären soll. Doch seine Suche führt ihn weniger zu Antworten, als vielmehr zu einem Geheimnis, das die Vier Länder in ihren Grundfesten zu erschüttern droht. An einem Ort, der einer düsteren Legende entsprungen scheint, wird Benden gezwungen, sich den Geistern seiner Vergangenheit zu stellen. Während sich auf der anderen Seite des Meeres ein mächtiger Feind erhebt, muss der Gelehrte zwischen seiner Pflicht und seinem Herzen wählen ...

Marie hat bislang noch keinen Roman veröffentlicht, aber es lohnt sich dennoch, sich einfach mal auf ihrer Homepage www.mina-solanum.de umzuschauen. Dort findet ihr auch Links zu von ihr geschriebenen Märchen (Kurzgeschichten).

Zu Sascha Raubal lasse ich euch zwei Links da.
https://www.sascha-raubal.de/kurt_die_reihe.html
und
https://www.sascha-raubal.de/DieAbartigen.html
Auch von ihm habe ich alle Bücher gelesen und kann sie wirklich empfehlen. Die »Kurt«-Bücher sind Fantasy-Krimis mit einem guten Schuss Humor.

Bei seiner neuen Reihe »Die Abartigen« beginnt das Fantasy-Abenteuer um Mikail und Loris mit »Die Karawane nach Cood«. Hier empfiehlt es sich, bei Band 1 anzufangen, da die einzelnen Bände aufeinander aufbauen.

Klappentext: In allen fünf Städten der bekannten Welt ist es üblich, dass junge Leute mit zwanzig Jahren wenigstens einmal eine Karawane in eine der anderen Städte begleiten. Loris ist hellauf begeistert, als seine Eltern ihn mit nach Cood schicken. Endlich raus aus dem heimatlichen Or und hinein ins Abenteuer. Das Meer sehen, die fremde Stadt, und all das mit seinem besten Freund Mikail!

Der jedoch schwitzt Blut und Wasser. Denn dort draußen, in der gefährlichen Wildnis außerhalb der sicheren Stadtmauern, könnte das Geheimnis ans Licht kommen, das er selbst vor Loris schon sein Leben lang verborgen hält. Ein Geheimnis, dessen Entdeckung Mikail und seine Familie alles kosten würde. Doch kann dieses Geheimnis es wirklich wert sein, dass Menschen dafür sterben?

Julia Karamell ist gerade dabei ihren ersten Roman zu veröffentlichen, eine romantische Fantasy-Dystopie. Ich durfte es bereits lesen und freue mich auf die Veröffentlichung. Schaut doch einfach mal auf ihrer Homepage vorbei:
https://juliakaramell.jimdofree.com/

Juliane Seidels Homepage findet ihr hier:
www.juliane-seidel.de
Ihre Nachtschattenreihe sowie »Herz aus Kristall« habe ich bereits gelesen und kann auch diese Bücher allen (Contemporary-) Fantasyfans empfehlen.
Hier der Klappentext zu »Herz aus Kristall«:
Es könnten die perfekten Sommerferien sein.
Lynn, Marie und Lia haben sich vorgenommen, jeden Tag am Ufer des Stechlinsees faul in der Sonne zu liegen und nichts zu tun. Wenn nur Lynns Albträume nicht wären. Nacht für Nacht warnen geisterhafte Gestalten vor dem Grauen in der Tiefe des Sees und bitten das Mädchen um Hilfe. Als ein pferdeähnliches Monster am Ufer auftaucht, verschwinden Lynns Freundinnen spurlos. Ihre Albträume scheinen wahr zu werden ...
Als ob das nicht genug wäre, bringt auch noch die geheimnisvolle Daja Lynns Gefühlsleben durcheinander, während sie die Suche nach einem blauen Herz aus Kristall in Lebensgefahr, aber auch einem uralten Geheimnis näher bringt.

Wie bereits am Anfang des Buches geschrieben, findet ihr meine Lektorin Petra Schmidt unter:
www.petrasseiten.com
Dort findet ihr nicht nur ihre Lektoratsseite, sondern auch ihre Autorenseite. Ihre Katzenbücher gehören, wie mein »Caballero Kater del Agua« zur Katzenbuchreihe des Machandel-Verlags. Bei diesem Verlag wird auch im Herbst 2023 das neue Buch von Petra erscheinen. Schaut doch einfach auf Petrasseiten oder direkt beim www.machandel-verlag.de mal nach.
Auch wer nach einem guten Lektorat sucht ist bei ihr an der richtigen Adresse.

Last, but noch least möchte ich noch auf meinen Cover-Designer Renee hinweisen. Auf seiner Seite: www.cover-and-art.de findet ihr wundervolle Cover.

Unter dem Namen William Rott, veröffentlicht er auch seine Thriller. »Überlebe – die Anstalt« habe ich bereits gelesen und festgestellt, dass Renee nicht nur tolle Cover entwerfen, sondern auch wirklich gut schreiben kann.

Klappentext von Überlebe – die Anstalt:

Als Richard Johnson eines Tages die Augen öffnet, kann er sich an nichts mehr erinnern.

Nicht daran, wie er hierhergekommen ist, und auch nicht, wieso er in einem fremden Bett aufwacht. Ein erster Blick vor die Tür verschafft ihm jedoch schon bald Gewissheit. Vor ihm liegen endlos lange Flure, vergitterte Fenster und Menschen, die wie von Sinnen erscheinen, denn Richard ist in einer Irrenanstalt gefangen. Die Pfleger behandeln ihn wie einen alten Bekannten. Aber gehört Richard wirklich hierher? Und wenn ja, wieso kann er sich an nichts mehr erinnern?

Bald schon beginnt ein verzweifelter Kampf um Leben und Tod - und darum, nicht den eigenen Verstand zu verlieren.

Hinweis in eigener Sache (na ja, nicht nur meine eigene).

Unter dem Hashtag #Gambio findet ihr auf facebook und auf instagram Posts und die ersten Bücher des Gemeinschaftsprojekts »Gambio«. Die Bücher findet ihr auch auf BoD.
Worum geht es?
Beim Projekt Gambio geht es um Geschichten und Romane, bei denen ein Tausch (oder mehrere) im Mittelpunkt steht. Das Genre des Romans ist dabei sehr unterschiedlich, bislang ist von Romance über Kinderbuch bereits einiges erhältlich. Es werden auch noch Märchenadaptionen, Fantasyromane und anderes erscheinen. Schaut einfach nach #Gambio.
Warum ich das hier schreibe? Weil voraussichtlich Ende 2023, spätestens jedoch 2024 auch ein Gambio-Roman von mir erscheinen wird. Es wird ein Entwicklungsroman werden nach Elementen von »Hans im Glück«. Es wird allerdings keine wirklich Märchenadaption, da sich der Handlungsfaden nur grob an einzelnen Elementen des Märchens orientiert.